打点行装，
握紧那张船票，穿
上她最爱的旗袍，
与他从昏黄的里弄
走过，迷离高烟雨漫
过心头。自此君
去，后会何期？她
知，无尽的时光很
容易改变一个人。
她不会要他许下承
诺，因为任何承诺
都抵不过瞬间的相
守。但隔了迢迢银
汉，她终究惶惶不
得安枕。

因为懂得 所以慈悲

【张爱玲的倾城往事】

白落梅 作品

湖南文艺出版社
HUNAN LITERATURE AND ART PUBLISHING HOUSE

博集天卷
CS-BOOKY

笙歌归院落，灯火下楼台。民国就是一场散去的戏，曾经锣鼓喧天的倾城故事，早已湮没在落落风尘中，不知所往。那个被光阴抛掷的女子，又从远年的巷陌款款走了出来。她着一袭素锦旗袍，穿越民国烟雨，走过季节轮回，那散落一地的，是薄荷般清凉的记忆。

——导语

她叫张爱玲。

她一直都在这清平俗世的某个角落，过着不为人知的生活。很多年前，她给自己安排好了命途，从此漫无边际地迁徙，随心所欲地飘零。

她是一个不爱生活的人，尽管也曾学着和这个迷幻的尘世相处，但终究徒劳无益。她算来是个无情的人，却在年轻之时没能守住淡然心性，放纵自己爱了一场。后来的背离是真的别无他法，但凡有一点转机，她亦无须假装冷漠，故作坚强。

原以为民国烟雨能够滋养性情，以为上海风云能够续写传奇，以为人间草木能够成为知己，可她还是抛掷一切，丢下倾城故事、风华文章，不与任何人道别离。她选择漂洋过海，去一个谁都不认识她，她也不认识谁的地方，被遗忘地活着。任你穷尽人海，都不能将之寻找。

纷乱山河，荆棘岁月，带给她太多的伤。只因洞明世事，知强极则辱、情深不寿，故而在人生荣盛之时，自减锋芒，华丽转身。坚守孤独，是为了有一处宁静的归宿，得以无所畏惧，从容度日。

她沉浸在虚无的世界里，不可自拔。以为光阴慈悲，许她缓慢老去；以为世人宽容，许她半生安稳。她的心始终不能平静无波。那些书中故事，戏里人物，原本就只是别人的传奇，为何独要她一人承担？

如果可以，她愿意将人生改写成一本平淡简洁的书册，而她做那个微小的人物，无多爱恨，淡漠悲欢，只将生命里一次短暂的邂逅留在永远的回忆里。至于以后谁来过，谁又走了，再无瓜葛。

她什么也没有带走，仅择了一件旗袍裹身。她说生命是一袭华美的袍，爬满了蚤子。这一生，她说过许多的话，有些被时光淡忘，模糊不清，唯独这句，清醒明透，不离不舍。离世的那一天，她穿着一件赭红色旗袍，这是她留给世人唯一的念想。

"我倘使不得不离开你，亦不致寻短见，亦不能再爱别人，我将只是萎谢了。"没有谁，值得她等到迟暮。她之所以活到白发苍颜，是为了偿还人间给过的山石草木，偿还岁月给过的冷暖朝夕。她真的无情吗？不，她分明有情有义，她爱得生动、深沉。

　　长的是磨难，短的是人生。生命中的过客，如尘埃一般淡淡来去，是我们缘薄，不得与她同修因果。她是民国世界的临水照花人，这一生隐居在茫茫人海里，却走不出心灵寂寞的樊篱。

　　她只有自己。

因为懂得　所以慈悲

今生只作最后一世

　　叶落空山，寒枝拣尽。在这个秋意渐浓的午后，采一束阳光，读几卷诗书，日子陶然忘己。走过山长水远的流年，以为世事早已面目全非，生出许多无端的况味。原来有一种岁月叫慈悲，因为它懂得，在这寥廓的人间剧场，一个人要从开场走到落幕，是多么不易，所以它如此宽厚，让尝尽烟火的我们，依旧拥有一颗梨花似雪的心。

　　笙歌归院落，灯火下楼台。民国就是一场散去的戏，曾经锣鼓喧天的倾城故事，早已湮没在落落风尘中，不知所往。那个被光阴抛掷的女子，又从远年的巷陌款款走了出来。她着一袭素锦旗袍，穿越民国烟雨，走过季节轮回，那散落一地的，是薄荷般清凉的记忆。

　　我是喜欢张爱玲的。喜欢一个人，无须缘由，不问因果。喜欢她年少时的孤芳自赏，喜欢她遭遇爱情后的痴心不悔，亦喜欢她人生迟暮的离群索居。就是这样一个女子，在风起云涌的上海滩，不费吹灰气力，便舞尽了明月的光芒。浮沉几度，回首曾经沧海，她最终选择华丽转身，远去天涯。清绝如她，冷傲如她，从不轻易爱上一个人，亦不轻易辜负一个人。

民国男子多如星辰，却偏偏有那么无情的一颗点亮了张爱玲。人生的相遇，是一件多么美丽的事，而我们却总要为美丽扮演一个深情与无情的角色。胡兰成用一盏茶的时间就可以忘记许下一生的诺言，而张爱玲却要为一段爱情负责到底。她为他低到尘埃里，在尘埃里开出花来。这朵花开错了时间，在他背离的那一刻，她甘愿独自萎谢。

之后，张爱玲又遇到过一段缘分，与那个叫桑弧的导演，有了一次清心寡欲的相逢。再后来，她又邂逅了一段异国爱情，和一个叫赖雅的老者执子之手，相濡以沫十一年。但滚滚红尘终究没能给得起她要的那份现世安稳。也许爱情一定要将你伤到无以复加，你才可以看得清醒明透。

胡兰成说，张爱玲是民国世界的临水照花人。她无须经历多少世事，这个时代的一切自会来与她交涉。她不美丽，却能够以任何一种姿态倾城。就是这个传奇女子，和月亮结下了一世情缘，生于月圆之日，死于月圆之时。民国的月亮早已下沉，而她的故事却永远不会结束。

在这个光怪陆离的人间，没有谁可以将日子过得行云流水。但我始终相信，走过平湖烟雨，岁月山河，那些历尽劫数、尝遍百味的人会更加生动而干净。时间永远是旁观者，所有的过程和结果，都需要我们自己承担。

世间曾有张爱玲，世间唯有张爱玲，只是这个人早已隔了风雨时空。纵算我们穷尽人海，也不能再与之相遇。因为她只有一生，她不会转世，亦不会依附于某个人或某种物。但我们会永远记住，这个让人珍爱的女子，这个不会老去的灵魂。所以，你寻她，她在这里；你不寻她，她也在这里。

水寒江静，月明星疏。在散场之前，我竟落下泪来。也许我们都该持有一颗良善的心，把今生当作最后一世，守候在缘分必经的路口，尊重每一段来之不易的感情。要知道，于千万人之中，遇见你所要遇见的人，要修多少年的缘分！

时光无涯，聚散有时。因为懂得，所以慈悲。

白落梅

因为懂得　所以慈悲

目录
CONTENTS

第一卷

民国临水照花人

临水照花

她的文字像一把华丽又寒冷的剑，而她是那个临水照花人，优雅地挥舞她的剑，可以舞动落花的烂漫，亦可以粉碎明月的光芒。

月色倾城。这是上海滩，一座遍地都是传奇的都市。多少人，在这个充满诱惑的人间剧场，一意孤行地导演悲欢。从繁华灿烂，到寂寞黯然，消耗的也不过是数载光阴。时令徙转，浪里浮沉，有些人想要记住却已遗忘，有些人想要遗忘却总会记起。今夜，不知道那场沉睡多年的海上旧梦，又将被哪个行色匆匆的过客唤醒。

后来才知道，曾经许诺了地老天荒的人，有一天会分道扬镳；曾经说好了永不相见的人，有一天会不期而遇。缘分这条河流，从容流淌，从来就不是你我所能把握的。张爱玲说过："于千万人之中遇见你所遇见的人，于千万年之中，时间的无涯的荒野里，没有早一步，也没有晚一步，刚巧赶上了，那也没有别的话可说，唯有轻轻地问一声：'噢，你也在这里吗？'"

你也在这里吗？谁曾有幸，被这一声婉转的询问，绊住了即将远行的步履。在恍惚的幸福中，做短暂的停留。原以为，这位穿过民国烟雨的惊世才女，无须在情感的路上依附于任何人。可她在熙攘人流中，还是为了一个陌生背影，转身回首。她终是俗世女子，渴望一个人可以用温情填满她凄凉的内心，从此与之烟火一生。

关于张爱玲，也许她的故事充满迷幻，让许多人无法真正懂得。但她的名字，是众所周知的。想起她，总忘不了那张尘封多年的黑白照片。穿一件旧色却华丽的旗袍，昂着高贵的头，孤傲又漠然地看着凡尘往来，那么地不屑，那么地无关悲喜。她是美的，带着极致的璀璨，亦带着坚定的孤独。让她做个寻常平庸的女子，自是不能。

在她不曾邂逅爱情的时候，已知爱是一场局，聪明如她，也只能做个局外人，无法真正知晓局内的境况。当她过尽千帆，抵达那个久违的渡口，却不知，流年偷换，岁月山河早已物是人非。明知飞蛾扑火，可她还是不管不顾地纵容自己，直到在最绚烂的时候灰飞烟灭，化作一地残雪，终肯作罢。

胡兰成说，张爱玲是民国世界的临水照花人。不错，张爱玲是灵性女子，她的文字似乎通晓世事，实则她的经历却很薄浅。她无须深入红尘，这个时代的一切自会来与她交涉。她不想成为传奇，可是她本身就已是传

奇。张爱玲的才情是与生俱来的，所以，她会在恰当的时候，恰当地自我绽放，自我枯萎。

世间没有一种植物配得了她，包括那种叫作独活的药草也不能。可她却说："见了他，她变得很低很低，低到尘埃里，但她心里是欢喜的，从尘埃里开出花来。"多么深情款款的话，莫说是倜傥风流的胡兰成，哪怕是任何一个平凡男子，都会对她俯首称臣。可那时的张爱玲，只为胡兰成花枝招展。并非她情迷双目，而是她需要一场不同凡响的爱，来装扮青青韶华。沉沦之时，亦是清醒。

于是，胡兰成做了那个幸运的赏花之人。他亦是真的爱了，因为张爱玲是他人生中一段意外的惊喜，是命定的恩赐。胡兰成的一生，邂逅了无数女子，他用最浮华的姿态，跪拜在她们的裙摆之下，最后都如愿以偿。但张爱玲是唯一的传奇，也是他耗尽一生都还不了的情债。

胡兰成当初写下"愿使岁月静好，现世安稳"的词句，许下"同住同修，同缘同相，同见同知"的诺言。可眼前之人芳华依旧，他却风云更改。不是遗忘，而是红尘路上山遥水远，他需要太多风景的相陪。如今试想，倘若胡兰成果真守诺，愿和张爱玲安稳度日，张爱玲又是否真的可以做到如藤缠绕，不离不舍？

很难想象，这样一个骨子里冷傲疏离的女子，如何能够一花一草，一尘一土，那般坚守得情深意长。胡兰成亦曾说过，张爱玲是个无情之人。

在他认定是应当的感情，在张爱玲那儿都是没有的应当。可张爱玲真的无情吗？或许在她心底，情感分成许多种，有些爱相处若即若离就好；有些爱则需要将自己磨碎，和着岁月一起熬煮喝下去，才肯罢休。

不是张爱玲无情，而是千万人当中，她错遇了那个人。胡兰成的背离，让她觉得春水失色，山河换颜；觉得爱是惩罚，是厌倦。所以，当她觉知一切无法挽回时，做了一次倾城的转身。而那个自以为是的男子，还认为她会守着那座古老的公寓，为他等到新月变圆。殊不知，衣橱里各式花样的旗袍还在，留声机的老歌还在重复旋转，而人已放纵天涯。

张爱玲说，爱过之后的心，像被水洗过一样洁净。胡兰成的背弃，确实令她悲戚，可她依旧淡定地说："我倘使不得不离开你，亦不致寻短见，亦不能再爱别人，我将只是萎谢了。"说这句话的时候，张爱玲的心就是一面深不可测的湖。虽被人投石问路，却宁静平缓，波澜不惊。

此后，是平庸，是惊世，是绚丽，是落魄，都与人无关。那种携手花开，静看日落的烟火爱情，她早已不屑。背井离乡，是为了无爱无恨地活着；离群索居，是为了被人无声无息地忘记。所以，她后来没来由地选择和一个年过花甲的异国老者执手相望，亦是值得原谅。并非她不舍得萎谢，而是繁花疏落，需要一个百转千回的过程。

是否幸福，已不重要。是否可以走到终点，亦是无谓。当她誓与红尘决绝时，她就打算再也不回去了。显赫的家世，没落的贵族，风华的过往，都做了漂水浮萍。那些费尽心思来算计自己结局的人，其实早被命运算计。莫如做一个寡淡的人，任凭世事桑田沧海，我自从容不迫，无痛无恙。

日子原该这样朴素无华的，是时间左右了我们太多，才给了我们闯荡江湖的勇气，给了我们踏遍河山的决心。然而，岁月终究不肯饶恕，你走过的一山一水，要用一朝一夕来偿还。许多时候，以为幸福触手可及，可它却在天明的窗外，需要等到朝霞破暝的晨晓，才能将门环叩响。

在她韶华初好的时候，写过这么一句话："生命是一袭华美的袍，爬满了蚤子。"该是怎样明澈的女子，才能够悟得如此醒透。仿佛她真的是个天才少女，可以煮字论命，卜算前世今生之卦。她明白，人生从来就不是唐诗宋词，不是阳春白雪。所以，有一天，如若遭遇了种种风霜不幸，实属寻常。而尘世于她，不过是一件遮身蔽体的旗袍，褪去了，便什么也不是。

她的文字像一把华丽又寒冷的剑，而她是那个临水照花人，优雅地挥舞她的剑，可以舞动落花的烂漫，亦可以粉碎明月的光芒。如果说她曾经误入花海，是为了成全一场姹紫嫣红的花事，那么匆匆旅途中，一次蓦然回首的遇见，也只是刹那惊鸿的留影。不是她转身太急，而是没有人值得她等到迟暮。

是那万水千山过尽，是那春风误了一生。尽管世事依旧，可她无所畏惧，在无可回忆的时候，牵挂已是多余。心如夜雨涤尘，真的干净了。

她让自己孤独遗世，活到鸡皮鹤发，活到忘记自己当年的模样，甚至名和姓。多么彻底啊，也只有张爱玲，可以这样孑然独我，不同流俗。

十六年前的那个月圆之夜，她沉沉睡去，并且再也没有醒来。那一晚的时光，寂静无言，仿佛听得到尘埃落地的声息。许多人都在这样猜测，张爱玲转世后，究竟去了哪里，化作什么。可我至今相信，没有任何生物可以取代她。这样的女子，根本就不需要来生，一生足矣。

众生皆有情，众生皆过往。愿此时平淡，若彼时灿烂。唯有真正拥有，才不负一世光阴。风流云转，又是清秋时节。也许我们真该相信，那个叫张爱玲的女子，着一袭华美旗袍，穿过民国烟雨，穿过旧上海悠长的弄堂，正风情款款地向我们走来。

簪缨世族

生命原本就充满了太多的惊奇与杜撰，没有谁可以清楚地诠释那些隐藏在剧幕后的谜底。

落霞孤鹜，秋水无尘。倚一扇老旧的轩窗，看过落花飞雨，又见明月中天。终于明白，只要内心澄明，哪怕处身乱世，风云骤起，日子亦可以简静清朗。李白有诗吟："今人不见古时月，今月曾经照古人。"的确，无论世事山河如何覆雨翻云，那一轮明月，始终净若琉璃，千里澄辉。

人世浩荡，我们只不过是寥廓银河里的一颗星子，是碧蓝沧海里的一朵浪花。关于如何降落到这人间，我们一无所知；关于降临到哪里，亦是无从选择。总之，前世的荣华与清苦，喧闹与岑寂，都和今生无关。生命原本就充满了太多的惊奇与杜撰，没有谁可以清楚地诠释那些隐藏在剧幕后的谜底。

　　张爱玲亦是一颗星子，只是恰遇晚云收起，她比凡人更明亮些。九十年前一个寒意渐起的秋日，她出生在十里洋场的上海。那一天，是农历八月十九。月圆之后的几日，想必夜间仍有清辉铺洒在瓦檐里弄、阁楼窗台。仿佛她就这样与秋月结缘，被这一剪清凉萦绕了一生。

　　世间因缘和合，并非偶然。多年以后，她写了这么一句话："月亮该是铜钱大的一个红黄的湿晕，像朵云轩信笺上落了一滴泪珠，陈旧而迷糊。"这个女孩，在未经多少春风秋雨时，便已世事洞明，人情练达。有人说，张爱玲惊世不凡的才情，缘于她高贵的血统。所以，至今人们提起张爱玲，仍津津乐道于她簪缨世族，豪门之后的身份。

　　殊不知，随着大清帝国的衰落，那些冠盖如云的晚清贵族，早已失去了可以炫耀的资本，背负着一种无所适从的颓败与没落生存于民国。张爱玲出生在上海公共租界的张家公馆，临近苏州河。这座清末民初的老洋房，是晚清名人李鸿章留给后代的礼物。

　　我们甚至可以想象当年这座宅院是何等气派，高雅园林，逸趣横生。阳光抵达之处，尽是草木葱茏。历史更替，几十载的光阴，已将诸多如此豪门大族化作尘土。从此，朝代又多了一个触摸不到的暗伤。张爱玲在这座老宅里，还可以感受到先人的余温。只是辉煌的过往，已不复存在。

　　张爱玲后来有过一段很是动情的话："我没赶上看见他们，所以，跟他们的关系仅只是属于彼此，一种沉默的无条件的支持，看似无用，无效，却是我最需要的。他们只静静地躺在我的血液里，等我死的时候再死一次。我爱他们。"这里的"他们"，自然也包括李鸿章。可见张爱玲并非真的无情，在她看似冷艳的外表下，藏着一颗热诚怀旧的心。

李鸿章，晚清重臣，官至直隶总督兼北洋通商大臣，授文华殿大学士。张爱玲的祖父张佩纶在青年时代是个旧时官场的清流人物，耿直自负。他不仅在正史上留名，还被写进著名的四大谴责小说之一的《孽海花》中。在张佩纶年过四十、仕途不济之时，李鸿章对他伸出了援手，将年仅二十二岁的爱女李菊耦许配给他。究其缘由，或许是因为政治，或许因为其他，已不得而知。

然而，张佩纶在官场上大势已去，他没能东山再起。但李鸿章没有亏待他们，送给女儿殷实富足的嫁妆。至于田地多少，房产几处，古董价值几何，没有准确数目。但是几十年后，分到张爱玲父亲名下的财产，计有花园洋房八处及安徽、河北、天津的大宗田产。

笙歌归院落，灯火下楼台。历史就像一场散去的戏，可那气焰熏天的繁闹，在时代的夜空久久回荡，不肯退去。甲午战争爆发，北洋水师又遭败绩，大清国被迫签下屈辱的《马关条约》。李鸿章也因此成了民族罪人，门庭冷落。不久后，李鸿章在落魄不达的悲哀中死去。而张佩纶变得更加颓废，借酒浇愁，度过残生。

　　李鸿章死后仅一年多，张佩纶也抑郁而终，抛下了爱妻和一子一女。男孩是张爱玲的父亲张廷重，女孩就是张爱玲一直深为喜爱的姑姑张茂渊。由盛而衰的家族，带给他们的是一种难以言状的伤感。尽管前朝留下的万贯家财，让他们依旧可以过上锦衣玉食的生活，可有一天终会坐吃山空。如此境况，像是日落前的短暂余晖，有一种无可挽回的遗憾和壮美。

　　在民国初年，这样没落的贵族家庭数不胜数。他们从宾客如云的盛景，刹那间跌入了无人问津的角落。有人满腹牢骚，有人醉生梦死，有人惶恐不安，也有人简朴度日。他们寄居在祖上遗留的房舍里，隔着轩窗看纷呈万象。曾几何时，这是属于他们的绚丽时光，如今却成了别人的风景。

　　张爱玲的父亲张廷重，做了这个时代的悲剧人物。他自小熟读八股文，终日绕室吟哦。可自从科举废除后，他满腹学问，已是英雄无用武之地。尽管他也想跟随时代激流，走出这个腐朽家族的阴影，可是前朝名臣后裔的身份，让他在新旧杂陈的人生况味里进退两难，他这一生都没有摆脱祖上遗留下来的风气。而他的人生，还不曾扬帆远航，就已失去方向。

　　张爱玲还记得，小时候见到父亲屋里到处乱摊着各式小报，让她有一种回家的感觉。此后，张爱玲喜欢读市井小报，也是受到父亲的影响。乃至她对《红楼梦》《三国演义》的兴趣，也是源自父亲。她甚至在很小的时候，就能感知父亲内心那种无所适从的寂寞。她说，父亲的房间里永远是下午，在那里坐久了便觉得沉下去，沉下去。

后来这位前朝遗少，因无法舒展平生抱负，染上了抽大烟的嗜好。他期望用另一种与梦想大相径庭的快乐，来麻醉自我。张爱玲和张廷重一样，背负着七零八落的贵族血统，用自己的方式，卑微又骄傲地活着。只是他们毕竟不是活在李鸿章的时代，所以，他们的荣辱并不直接相关。他们这一生，从未真正富有过。

张爱玲的母亲黄素琼，亦是名门千金。但她对这宗媒妁之言，宗族包办的婚姻，并不情愿。她没有上过新学堂，甚至还缠过脚。可她却拒绝陈腐，渴望新潮，她崇尚独立，不愿依附像张廷重这样的男人。张爱玲也说过她母亲"踏着这双三寸金莲横跨两个时代"。

黄素琼濡染了五四风潮的新思想，成了民国初期一位时尚的新女性。她之后的人生，也因为她的果敢而生出许多意想不到的惊奇。看过一张黄素琼的黑白照片，面容清秀，目光深邃，眉间自有一份孤傲与高远。这样的女子，如何经受得起张廷重那种醉生梦死的活法？或许为了维持这段婚姻，或许为了孩子着想，她劝诫过、努力过，但那时的张廷重早已被鸦片迷了心性，纵是想要回头，也力不从心了。

所以，黄素琼干脆冷了心，给自己寻找乐趣，花心思学钢琴、读外语、裁剪衣服……任由张廷重在屋内吞云吐雾，或在外面纳妾嫖妓，她全然不顾。当一个女人不再爱一个男人的时候，那个男人无论犯下怎样的错误，她都不屑去过问。任何的询问与低唤，都是烦腻的纠缠。黄素琼不仅对丈夫漠不关心，甚至舍得丢下一双儿女，去开始自己的人生。

　　张爱玲的姑姑张茂渊也是个新派女性，她与嫂子黄素琼意气相投，同样看不惯兄长张廷重的颓废。她们形同姐妹的感情，给这个沉闷的家庭增添了几许鲜活的气息。姑姑张茂渊给张爱玲以后的人生亦带来了许多温情，她曾经说过："乱世的人，得过且过，没有真的家。然而我对于我姑姑的家却有一种天长地久的感觉。"

　　张爱玲体内虽流淌着贵族血液，可在不曾绽放便已凋谢的家族里，她的人生无疑添了更多的戏剧性。但我始终相信，一个人的才华与出身没有瓜葛，一切因果，缘于前生。殊不知，命运之神早已守候在你今生必经的路口，不期然地与你相遇。之后用他认定的方式，主宰你的一生。张爱玲这颗闪亮的星，亦跳不出柔软的时光，逃不过尘世的种种劫数。

春意迟迟

既然没有力气去爱陌生的别人，那么就爱珍贵的
自己。

春山如黛，垂柳画桥。白云出岫，倦鸟还巢。采一束不知名的野花，
扎一个紫藤的秋千架；看几只燕子筑巢，或和几只蚂蚁对话。这样美好的
时光，仿佛留在那个叫童年的记忆里。悠长，不复与见。

每个人都有属于自己的童年时光。无论幸或不幸，欢乐总比苦闷多。
因为任凭世事飞沙走石，那颗童心始终光洁如镜，纯真美好。少年就开
始做雨打芭蕉的梦，为赋新词强说愁。之后那个漫长的成长过程，像是
江南的梅雨季节，怎么也看不到晴天。再往后的岁月，日影如飞，说老就
老了。

惊世才女张爱玲，亦同我们一样，有过一段简约如画的童年。也许她

的童年并不尽如人意，但对于一个小小女孩，她所能铭记的，依旧是那些值得留恋的趣事。人的一生，最美好、最洁净、最单纯的回忆，莫过于童年旧事了。张爱玲后来在她的作品《私语》里，有过对童年那段日子比较细致入微的描写。

张爱玲两岁那年，张廷重因为和二哥张志潜的关系不和睦，举家从上海搬迁到天津。张志潜是张廷重同父异母的二哥（大哥早夭），为张佩纶与原配夫人朱芷芗所生，比张廷重大十七岁。天津的那座洋房在英租界里，房子是当年爷爷张佩纶结婚时自己购置的，也算豪华宽敞。张廷重来到这里，此后更是无人干涉，便有恃无恐地纵情享乐，自在逍遥。

那时候的张爱玲还不叫张爱玲，叫张煐。这个名字是谁给取的已不得而知，世人所知道的只是那个叫作张爱玲的民国才女。

在天津的生活，对小张煐和她弟弟张子静来说，是明亮而静美的。她曾说过，天津的家有一种春日迟迟的空气，让她喜欢。想来，她那时年纪尚小，所看到的只是浮华的表象，而历史带给那个家族的衰落阴影，她还不能体会到。

弟弟张子静在晚年时对天津那段生活有过饱含感情的回忆："那一年，我父母二十六岁。男才女貌，风华正盛。有钱有闲，有儿有女。有汽车，有司机；有好几个烧饭打杂的用人，姊姊和我还都有专属的保姆。那时的日子，真是何等风光啊！"

是的，何等风光。倘若甘愿做一个平凡的人，安于现状，守着殷实的祖业，也算是一种幸福。但许多人始终念念不忘祖上的鼎盛光辉，还做着不可逆转的前朝旧梦。他们的心在激流里漂荡，永远都无法平静。

当然，这些沉重的历史，在小张煐的童年记忆里都不存在。她只记得院内有一个秋千架，她的快乐时光以及童年的梦，在秋千架上放飞。她记得后院养了鸡，夏日的中午她穿着白底小红桃子纱短衫，红裤子，坐在板凳上，喝完满满一碗淡绿色、涩而微甜的六一散，看一本谜语书，沉浸在迷幻的世界里，朦胧有趣。唱几首童真婉转的歌谣，欢快无比。

天井一角架着个青石砧，有个通文墨、胸怀大志的底下人，时常用毛笔蘸了水在上面练习写大字。他瘦小清秀，讲《三国演义》给小张煐听。或许是她自小就对文字敏感的缘故，小张煐没来由地喜欢他，替他取了一个莫名的名字叫"毛物"。而毛物的妻子，被她称为"毛娘"。毛娘生着红扑扑的鹅蛋脸，水眼睛，藏了一肚子"孟丽君女扮男装中状元"的故事。

领弟弟的女佣唤作"张干"，裹着小脚，伶俐要强，处处占先。领小张煐的叫"何干"，因为带的是个女孩子，自觉心虚，凡事都让着她。也因此，张爱玲在小的时候就想到要男女平等，想到要锐意图强，凡事务必胜过弟弟张子静。后来张子静在回忆录里说："她不必锐意图强，就已经胜过我了。这不是男女性别的问题，而是她的天赋资质本来就比我优厚。"

　　弟弟张子静从小体弱多病，却实在长得秀美可爱。小张煐任性好强，有着奇异的自尊心，对弟弟不甚喜欢。但她毕竟是个未谙世事的孩子，况且她在天津除了弟弟，只怕没有几个玩伴。所以，他们姐弟之间的情意一直不算深厚，但也不至于疏离。

　　张爱玲在《私语》里还写道："我记得每天早上女佣把我抱到她床上去，是铜床，我爬在方格子青锦被上，跟着她不知所云地背唐诗。她才醒过来总是不甚快乐的，和我玩了许久方才高兴起来。"这里的"她"，指的是张爱玲的母亲。在张爱玲的记忆里，母亲似乎一直都不是很重要。家里没有母亲，也不感到有任何的缺陷。

　　张爱玲的这篇《私语》，描写了许多她在天津的童年趣事。读完之后，勾起了许多人对童年时光的美好记忆。与鲁迅的《从百草园到三味书屋》，还有林海音的《城南旧事》有着相似的趣味，都让人情不自禁地想起那些春水渐涨、燕子来时的青葱岁月。童年是锁在抽屉里，那一张张黑白的老照片。光阴过去越久，越值得怀想、回味。

　　小张煐四岁不到的时候，家里给她和弟弟请了私塾先生，从此悠长的诵读成了她年幼时又一段美好的记忆。从雾霭迷蒙的晨晓，到烟霏云敛的黄昏。窗外稀疏的星光，挂在梧桐树上，清辉洒地。几只倦鸟返巢，江岸垂钓的老翁，也踏着山径归来。我始终相信，在张爱玲幼小的心灵深处，有一方外人窥见不到的天地。那时候的她就已经悟得，自然万物有着各自不同寻常的美丽。

在小张煐的记忆中，还有一位苍凉的老人。这个老人是她的堂伯父张人骏，有时用人会带她去请安。她对他的印象，以及当时的场景，到成年后依旧历历在目。她记得一个高大的老人家永远坐在藤椅上，此外似乎没有什么家具陈设。她唤一声："二大爷。"这位老人每次都问："你认了多少字了？"然后就是"背个诗给我听"。而他每次听到"商女不知亡国恨，隔江犹唱后庭花"就流泪。

那种不知所以的苍凉，像一幅画，就这样镂刻在张爱玲脑中。当时的她，并不懂得这个老人为何总听那句诗落泪。那场弥漫在民国时代的前朝遗风，在许多人心上，划过了无以复加的伤痕。但一个对人世恍惚的小女孩，还无法辨别出其间的无奈与悲凉。她的世界，似那片琉璃月色，干净，纯粹。

张爱玲四岁的时候，因为姑姑张茂渊要出国留学，母亲趁此机会借口要陪同小姑出洋，给自己改了一个文艺新潮的名字，黄逸梵。她就这样不顾一切，抛夫离子，远走高飞去了英国。此后关山万里，沧海无垠，再重逢，不知是何年何月。她是个敢于求索的女子，哪怕前途渺茫，一无所获，也强过在这个腐朽的家里屈辱一生。

不是她心狠，是这个残缺零落的家，实在找不到容身之处，更别说安放心情。黄逸梵是一只民国青鸟，不甘愿被囚禁在这座潮湿发霉的老宅，她渴望水波潋滟的盛日。所以，她割舍亲情，将自己放逐天涯，去追求自己内心的花好月圆。

没有值与不值，没有对与不对。因为人生的方向，从来就没有标准。找一条适合自己的路，坚定地走下去，是穷途末路还是一马平川，都要无悔。张爱玲在日后谈到对母亲的印象时说："我一直是用一种罗曼蒂克的爱来爱着我母亲的。她是个美丽敏感的女人，而且我很少机会和她接触，我四岁的时候她就出洋去了，几次回来了又走了。在孩子的眼里她是辽远而神秘的。"

的确，这位新潮的母亲，坚强得甚至有些冷漠。她的一生似流云来去自由，飘逸中带着迷幻，冷傲里藏有温情。在张爱玲生命中许多场宴会里，她总是缺席，却又无处不在。

张爱玲从来没有责怪过她的母亲，以她的心性和情怀，比任何人都要深刻地理解母亲的选择。既然没有力气去爱陌生的别人，那么就爱珍贵的自己。

因为懂得，所以慈悲。

归来海上

她是有幸的，命运在无形之中给了她一次选择的机会，成就了她不同凡响的未来。上海滩因为这个倾城女子，而有了另一种惊世的美丽。

　　春日迟迟，光阴这般缓慢地过去了。许多值得回味的片段，最后也似淡水轻烟，模糊不清。能够记住的，只是人生岁月里，必定不能遗忘的情景。其实世间最美的，莫过于四季流转，让我们遍赏春花绚丽，秋月朦胧。

　　如今想来，那些身处民国时代的前朝遗少，大可不必怨天尤人，醉生梦死。要知道，江山经历无数次的更改，沧海无数次变换桑田，只不过恰好被你遇见而已。多少人，被烟熏火燎的历史给呛伤，但物换星移，时间会修复所有伤痕。那时候，山河寂静，盛世平宁。

　　天地沙鸥，同样微如芥子。张爱玲的父亲张廷重，沉溺在乱世烟火中，自暴自弃。张爱玲的母亲黄逸梵却挣脱俗世樊篱，渡洋远去。人生如一场梦，只是醒梦谈何容易！哪怕选择自己最想走的路，也无法做到彻底地洒脱。

　　黄逸梵留洋的时候，张爱玲虽然只有四岁，但她对母亲别离时的感伤，有着非常清晰的记忆。"我母亲和我姑姑一同出洋去，上船的那天她伏在竹床上痛哭，绿衣绿裙上面钉有抽搐发光的小片子。用人几次来催说已经到了时候了，她像是没听见，他们不敢开口了，把我推上前去，叫我说：'婶婶，时候不早了。'（我算是过继给另一房的，所以称叔叔婶婶。）她不理我，只是哭。她睡在那里像船舱的玻璃上反映的海，绿色的小薄片，然而有海洋的无穷尽的颠簸悲恸。"

　　可见黄逸梵走得并不决绝，因为她舍不得。母亲的离去，难免给张爱玲的童年生活，带来些许遗憾，但她习以为常。黄逸梵走后，张廷重包养在小公馆的妾就堂而皇之地搬进来了。小张煐唤这位姨太太为姨奶奶，早在小公馆的时候，张廷重就抱她去那里玩过。所以，她的到来，对小张煐来说并不陌生。

　　这位姨太太的出身远不及黄逸梵那样高贵，她本是张廷重在外面寻花问柳时所结识的妓女。只因有几分姿色，又解风情，才被张廷重包养。如今这里的女主人留洋远去，她亦算是青云直上。张廷重每日抱着大烟吞云吐雾，只要姨太太把他伺候得舒坦，其余的大小事务，便不再过问。

姨太太搬进来的那段生活，张爱玲在《私语》中有过简短的描写。"母亲去了之后，姨奶奶搬了进来。家里很热闹，时常有宴会，叫条子。我躲在帘子背后偷看，尤其注意同坐在一张沙发椅上的十六七岁的两姊妹，打着前刘海，穿着一样的玉色袄裤，雪白地偎倚着，像生在一起似的。"

年幼的张爱玲尚不能解这般风尘的场景，只是觉得好奇，以一个小主人的身份参与他们的盛宴。而姨太太不喜欢弟弟张子静，便对张爱玲甚为宠爱。每晚带她到一个叫"起士林"的西餐馆去看跳舞，给她吃雪白的奶油蛋糕。直到三四点钟，才让用人背着回家。

姨太太还给小张煐做了一套雪青丝绒短袄长裙，笑着对她说："看我待你多好！你母亲给你们做衣服，总是拿旧的东拼西改，哪儿舍得用整幅的丝绒？你喜欢我还是喜欢你母亲？"一个天真单纯的孩子，哪里分辨得出人与人之间复杂的感情。她自是满心欢喜地答道："喜欢你。"为此，长大之后的张爱玲还觉得自己当初不该那样见利忘义。然而，这是一个小女孩真实的想法，毕竟姨太太给她做衣裳，也并非出于纯粹的讨好。

但姨太太和张廷重毕竟只是露水情缘，无法长久。张廷重虽然喜欢采折天涯芳草，却在她们凋零之时，随手丢弃，不再眷念。在他心中，黄逸梵的地位只怕谁也不能取代，可惜他本有心托明月，谁知明月照沟渠。黄逸梵无法将她美丽柔软的感情，交给这样一个不解芳心的男人。

　　姨太太走了，原因是她和张廷重吵架时，用痰盂砸破了他的头。于是族里有人出面说话，逼着她走。本就不是明媒正娶，她的下场早在来时就可预见。她在这座豪华的洋房里也算是风光了一阵，被赶走也并无多少遗憾可言。走的那一天，小张煐坐在楼阁的窗台上，看见大门里缓缓出来两辆榻车，都是姨太太带走的银器家什。仆人们都说："这下子好了！"

　　可见姨太太在府中并不得人心，此去经年，前程未卜，但她以后的人生未必是寥落。母亲的出走都不曾使小张煐的心灵泛起更多涟漪，姨奶奶的离开就更是波澜不惊了。离别的感觉，也许到她长大后才能深刻懂得。有些人走了，像一缕清风，无牵无碍。有些人离开，似要将魂灵一同抽去，痛彻心骨。姨太太属于前一种，对小张煐来说，那一天车行缓缓的情景，如同看一场日落那般寻常。

　　姨太太走后，整个家从繁杂喧闹骤然变得安静无声。而张廷重也因近年来抽鸦片、嫖妓、和姨太太打架等诸多丑闻，闹得四处流言蜚语。他在天津自觉待着无趣，回首往事，遗憾涌上心头，于是决意痛改前非。他写信给远在英国的黄逸梵，承认错误，答应戒鸦片，从此再不纳妾，只求她回国，重新把家安置到上海。

　　黄逸梵居然同意了，至于是何种原因，并不清楚。也许是几年漂泊，有些疲累，想要回到旧巢做短暂的栖息。也许是想要回来，和张廷重做最后的了断。又或许是想念一双儿女，回家重续这段亲情。总之她答应了，后来她对小张煐说过："有些事等你大了自然就明白了。我这次回来是跟你父亲讲好的，我回来不过是替他管家。"

这一年，张煐八岁，她在天津的这段童年生活，就此戛然而止。那时候的她并不知道，她行将奔赴的城市叫作上海滩，也不知道，她有一天会在这座风起云涌的大都市，掀起波澜壮阔的文字浪潮。她是有幸的，命运在无形之中给了她一次选择的机会，成就了她不同凡响的未来。上海滩因为这个倾城女子，而有了另一种惊世的美丽。

小张煐登上了开往上海的船，旅途给她带来的是难以言说的喜悦："坐船经过黑水洋绿水洋，仿佛的确是黑的漆黑，绿的碧绿，虽然从来没在书里看到海的礼赞，也有一种快心的感觉。睡在船舱里读着早已读过多次的《西游记》。"

抵达上海后，这座国际性的大都市，显然比天津更为繁华。"到上海，坐在马车上，我是非常侉气而快乐的，粉红底子的洋纱衫裤上飞着蓝蝴蝶。我们住着很小的石库门房子，红油板壁。对于我，那也有一种紧紧的朱红的快乐。"

父亲张廷重到了上海之后，并没有获得重生之感。相反他因为心力交瘁，加之旅途劳累，打了过度的吗啡针，离死亡很近了。他独自坐在阳台上，听着窗外哗哗的雨声，嘴里不知所云，这让小张煐感到害怕。但这一切，都有惊无险。上海虽然没有为他挽回往日家族的鼎盛，却续写了他的人生。

　　当张爱玲来到上海，由惊喜转为恐惧的时候，用人告诉她，母亲和姑姑要回来了，她应该高兴。的确，这样毫无防备的迁徙，令小小的她需要温情的偎依，尽管倔强的个性让她并不畏怯陌生，但她毕竟还是个孩子。

　　海上花开，海上花落。这座城，虽没有天津春日迟迟的空气，却主宰了她一生的命运。她最传奇的故事，因上海滩开始，也因上海滩结束。此刻，黄浦江涛声依旧，水上的涟漪，荡漾着许多不知朝代的从前。从无到有，由缓至急。它知道一些什么？又能告诉我们一些什么？

时光如歌

一部《红楼梦》，让许多迷茫失落的文人找到了依托，哪怕是残荷冷月，都有了意境，有了风雅。

这个清晨的外滩，刚刚苏醒。雾中的高楼，褪尽了一夜的灿烂繁华，披上了朦胧色彩。黄浦江畔，汽笛的鸣响，破开平静的水面，将日出江花，写成一幕撩人心扉的风景。这座城市所有的记忆在顷刻间被打开。那些黑白影像，还有过往时光，从来不曾被人遗忘。

黄浦江两岸，无数艘轮船在江上游走，它们迎来归人，又送走过客。张爱玲的母亲黄逸梵和姑姑张茂渊，就是乘其中一艘轮船回国的。一路风尘的赶赴，几年时光，全然不知这座城市早已优雅地换上新的华装。

小张煐清晰地记得，母亲回来的那一天，她吵着要穿上她认为最俏丽的小红袄，可是母亲看到她第一句话就说："怎么给她穿这样小的衣服？"也许经过四年欧风熏染的黄逸梵，品味早已和从前大相径庭。再则突然看到自己离别几载的女儿已经长大，心生一种陌生的怜惜吧。不久后，张爱玲就做了新衣裳，而她亦因为母亲的回来，和过往的生活做了诀别，在上海重新开始了她的人生。

张廷重见到妻子回来，万分激动，发誓痛改前非，让过往种种都化为烟尘。他被送去医院治疗，这个家似乎又回到了从前，停止纷乱，多了一份祥和。全家人住进了宝隆花园的一座欧式洋房里，张爱玲在《私语》里记述道："我们搬到一所花园洋房里，有狗，有花，有童话书，家里陡然添了许多蕴藉华美的亲戚朋友。我母亲和一个胖伯母并坐在钢琴凳上模仿一出电影里的恋爱表演，我坐在地上看着，大笑起来，在狼皮褥子上滚来滚去。"

房间墙壁的颜色，可以按照自己的想法，去随意调配。第一次生活在自制的世界里，温暖而亲近，小张煐内心的喜悦难以言说。她甚至还给天津的一个小玩伴写信，描写她的新屋，画上了几个图样。那时的她已经充满了创意，向往心灵自由。她懂得，哪怕是一株草木、一块山石，也需要依照自己的方式成长，才可以活出自己的骄傲和尊严。

母亲开始关心小张煐的成长，让她学绘画、弹钢琴、学英文。她将西洋的那种浪漫气息带至这个家庭。小张煐仿佛住进了童话般的城堡里，她被母亲优雅华美的气质感染，爱上了这样温馨幸福的时光。天津的童年，仿佛已经成了一段久远的往事，被流年锁进了记忆的相片里。张爱玲后来对这段生活生出感慨："大约生平只有这一个时期是具有洋式淑女的风度的。"

母亲穿起时尚漂亮的洋装，弹着优美的钢琴曲，告诉她伦敦是个美丽的雾都，时常下着浪漫多情的烟雨。那时候，小张煐的心里充满了一种感伤。她看到书里夹的一朵花，听母亲说起它不同寻常的历史，说起那些浮华清凉的往事，竟掉下泪来。小张煐的内心深处，已经知晓世情冷暖，只是她还无法用恰当的语言来表达那份情怀。

八岁，她读《红楼梦》和《三国演义》。里面的锦词佳句，勾起她与生俱来的文字情结。这本叫作《红楼梦》的文学巨著，从此伴随了她一生的写作生涯，不离不弃。始终觉得，张爱玲惊世的才情，和她自小读《红楼梦》有着莫大的关联。一部《红楼梦》，让许多迷茫失落的文人找到了依托，哪怕是残荷冷月，都有了意境，有了风雅。

后来张爱玲说："人生恨事：（一）海棠无香；（二）鲥鱼多刺；（三）曹雪芹《红楼梦》残缺不全；（四）高鹗妄改——死有余辜。"张爱玲还写了一部作品《红楼梦魇》，那些别出心裁的见解，让她自己形容考据《红楼梦》是一种疯狂的情形。故得句："十年一觉迷考据，赢得红楼梦魇名。"

张爱玲在八岁之前就读过《红楼梦》，那时候是受到父亲的影响。每次她看明月挂在窗外，皓辉千里，总会想起从前的许多模样。看到春风拂柳，燕子来时，竟说不出一句话来。她不知，那份古典情结种在心里，早已生根发芽。而母亲带来的西洋文化并未与之抵抗，相反张爱玲将它们巧妙地糅合在一起，并在未来的岁月里得到极致的发挥。

黄逸梵是民国初期的新女性，但没受过正规教育，又尝过男女不平等的苦，所以，她不想让自己的女儿重蹈覆辙。加之她很早就发现女儿有着比寻常孩子更好的天赋和悟性，她希望女儿可以进学堂，接受新式教育，让这朵人间奇葩，可以在雨露和阳光下，静静开放，不负锦绣光年。

关于女儿上学堂的事，黄逸梵几次三番和张廷重提起，都无法得到他的认同。张廷重不答应，他不愿在这上面花钱，或许他依旧坚持传统的思想。两人为此争吵过，张廷重还是固执己见，大闹不依。黄逸梵索性不与他沟通，趁他休息之时，带着女儿直接去了教会办的黄氏小学。因为之前小张煐已有厚实的国学基础，所以一进去，就直接插班到六年级。

这一年，小张煐十岁。在报名处填写入学证时，黄逸梵一时犹豫，总觉得"张煐"这两个字叫起来有些不响亮，不生动。但又无法在短时间内想出更好的名字，于是暂用英文名字Eileen"胡乱"译了中文，写成"爱玲"填上。黄逸梵那时想着，日后再好好更改也不迟。但她万万没想到，就是这个张爱玲的名字会风靡整个上海滩，乃至在中国文学史上都刻下了深沉华丽的一笔。

或许是时间久了，张爱玲这名字，成了一种习惯。尽管她自己一直不满意，甚至觉得自己的名字恶俗不堪，但是她最终还是从容接受。她曾说过这么一句话："我愿意保留我的俗不可耐的名字，向我自己作为一种警告，设法除去一般知书识字的人咬文嚼字的积习，从柴米油盐，肥皂，水与太阳之中去找寻实际的人生。"毕竟是张爱玲，哪怕沉落红尘，也要入骨彻底。

1931年秋天，张爱玲就读于上海圣玛利亚女校。她有着很好的文学天分，其余各科成绩也十分优异。上学以后，她一直坚持学钢琴。日子如歌，总是给那些懂得生活，尊重情感的人以雅致，以高贵。岁月会情不自禁地为他们留下刹那韶华，瞬间春光。

当张爱玲学会用文字来寄怀心事，懂得调一杯情绪，自斟自饮的时候，命运又自作主张地做了一次转弯。后来，她才明白，这几年家里的快乐与幸福，其实一直都是表象。留洋之前的母亲无法接受父亲的沉沦，留洋归来的母亲更是轻视父亲的落魄。

张廷重太不争气了，他病愈出院后，没有遵守诺言，洗心革面重新做人，反而操起了烟枪，做回了原来的自己。他又怕黄逸梵再次离家，便使出计谋，不肯拿出生活费，让妻子贴钱。他的打算是，等黄逸梵把钱用光了，想要远走高飞，就没有护航的羽翼了。

如此做法，实在卑鄙。张爱玲对父亲的行为亦是印象深刻，她后来有多部小说，都出现过男人企图骗光女人钱财的情节，如《金锁记》《倾城之恋》《小艾》等。可见，小说的素材来源于生活，尽管张爱玲是天才，但是天才背后也需要故事来填充。张爱玲的家世背景无疑成了创作的源泉，让她以后的文字更加有血有肉，感人肺腑。

父母终于离婚了。经历了一段漫长的争吵，张爱玲甚至渴望父母早点结束他们悲剧的婚姻。父母的离婚没有征求她的意见，但她心里表示赞成。因为她明白这个家再也维持不下去了，时间越久，只会看到更大的破碎。

张廷重起先是不同意的，但他理亏在先，视诺言为尘土。他想要再度挽回时，黄逸梵只说了一句话："我的心已像一块木头！"滔滔逝水，任谁也不能力挽狂澜。张廷重在离婚协议上签了名字。这醒目的一笔，结束了中国式的悲哀婚姻，彻底解散了一个家，也解放了两个灵魂。张爱玲对父母的离异，似乎一直表现得云淡风轻。但我们都明白，她内心的惆怅与受伤在所难免。

人生就像一部起伏有致的小说，情节环环相扣。缺少任何一步，或者任何一个地方做了删改，都无法按照从前的安排走到终点。既是注定，就不必患得患失，顺应自然走下去。无论路途有多少沟壑，都需要自己去填满。逃避无用，这世上，别人无法代替你去成熟。

因为懂得　所以慈悲

第二卷

当知出名要趁早

孤独的云

张爱玲知道，自己从来都是一片孤独的云，飘向何方，全凭自己选择把握。

那些梨花似雪、晨鸟歌唱的日子，就这样不见了。童年的矮墙下，那株梧桐早已高过屋檐。午后阳光下，那只轻盈的粉蝶，是否也会红颜老去？还有萤火虫的夜晚，那个未曾讲完的故事，又该由谁来继续说下去？岁月总是趁人不备的时候，渐渐地爬上了你我的双肩。童年那场惺忪未醒的梦，交给了流年，唯有光阴如影相随，至死不渝。

要相信，世事的安排其实很公平，没有刻意。张爱玲父母离异，也许给她的心灵带来破镜难圆的遗憾，但命运自会给她另一种交代，人生需要用一针一线的日子来修补。母亲搬走了，和她一起走的还有姑姑张茂渊。姑姑一向与父亲意见不合，加之她曾和母亲一同留洋，相处十分融洽。

　　她们住进法租界的一座西式大厦，买了一部白色汽车，雇了一个白俄司机、一个法国厨师，过起了优雅而时尚的生活。父亲也搬到另一处弄堂房子，继续他想要的逍遥日子。父母有了协议，张爱玲可以经常去探看母亲。于是，母亲的居所成了她疲惫之时的港湾。她相信，迷惘的时候，母亲的窗外，总会有一盏灯是为她点亮的。

　　在母亲的公寓里，张爱玲第一次见到了生在地上的瓷砖浴盆和煤气炉子。那时候，她很高兴，觉得有了安慰，有了寄托。然而这份温暖也只是暂时的，母亲又要出国了，这一次她要去法国学绘画。在家庭和自由之间，黄逸梵曾经选择了自由。当那场悲剧婚姻彻底了断时，她更是如释重负，以后便是一个人的天下，一个人的江湖。

　　那时张爱玲住校，母亲在临别时到学校看她。这次离别的情景，张爱玲曾有过一段描述："她来看我，我没有任何惜别的表示，她也像是很高兴，事情可以这样光滑无痕迹地度过，一点麻烦也没有，可是我知道她在那里想：'下一代的人，心真狠呀！'一直等她出了校门，我在校园里隔着高大的松杉远远望着那关闭了的红铁门，还是漠然。但渐渐地觉到这种情形下眼泪的需要，于是眼泪来了，在寒风中大声抽噎着，哭给自己看。"

　　这就是张爱玲，尽管这时候的她，也不过十一二岁，却早已懂得坚忍与淡漠。母爱的缺少，给她的性情带来不小的影响与转变。她的作品总是会不经意地流露出一种冷漠，缺少温情和悲悯。那是因为她把柔情藏在心底深处，试图用无情来掩饰自己。以至于她一生都对外界采取逃避、退缩的态度，其根源是，她怕受伤。

张爱玲知道，自己从来都是一片孤独的云，飘向何方，全凭自己选择把握。母亲走了，姑姑的家里还留有母亲的气息。纤灵的七巧板桌子，轻柔的颜色，还有许多她不明白的可爱的人来来去去。她认为，她所知道最好的一切，无论是物质的还是精神的，都留在这里。她与姑姑深厚的情感也是从这里开始，并且深刻地维系了一生。在某种程度上，张爱玲在姑姑身上找到了那份遗失的母爱。所以，她珍惜。

而父亲张廷重这边的一切，是她所看不起的。她在《私语》里写道："鸦片，教我弟弟做《汉高祖论》的老先生，章回小说，懒洋洋灰扑扑地活下去。像拜火教的波斯人，我把世界强行分作两半，光明与黑暗，善与恶，神与魔。属于我父亲这一边的必定是不好的……"可见张爱玲的心里抵触这种迷乱、锈迹斑斑的生活。但是她内心有时喜欢这样的感觉，喜欢鸦片的云雾，喜欢雾一样的阳光，还有屋里乱摊着的小报。她知道父亲是寂寞的，只有寂寞的时候他才会生出柔情。

尽管这样，亦不能改变什么，爱的还是爱的，恨的还是恨的。她小小的心里，开始有了许多海阔天空的计划，她渴望中学毕业后到英国去读大学。她要比林语堂还出风头，要穿最别致的衣服，要周游世界。在上海自己有房子，过一种干脆利落的生活。是的，干脆利落，这就是张爱玲的个性，她讨厌那种没完没了的纠缠。她宁可亲自割断所有的牵挂，纵是血肉模糊，也在所不惜。

　　可世事飘忽，人海浮沉，又岂是自己所能做主的。父亲要结婚了，当姑姑告诉张爱玲这则消息后，她哭了。以往她看过太多关于后母的小说，想不到竟然应到了自己身上。而那时张爱玲心里只有一个迫切的感觉："无论如何不能让这件事发生。如果那女人就在眼前，伏在铁栏杆上，我必定把她从阳台上推下去，一了百了。"这不过是一个孩子任性的玩笑话，无论她是否能够接受，父亲再娶已成抹不去的事实。

　　这个家再度接受迁徙，这一次，搬去的竟是最初的那所老洋房，也就是张爱玲出生的地方。之前她没有任何记忆，当她有足够的思想，来重新审视这房子的时候，只觉得这座老宅承载了太多的历史印记，重叠了太多的家族故事，连空气都是模糊的。

　　她说，有太阳的地方使人瞌睡，阴暗的地方有古墓的清凉。在这里，她时常分辨不出，何时是清醒，何时是迷糊。但有一点很清楚，她不喜欢这个家，因为这个家再没有值得她喜欢的人了。

　　后母孙用蕃也抽鸦片，她和当时的才女陆小曼是至交，因为两人都有烟瘾，所以被称为一对"芙蓉仙子"。那时候，陆小曼和徐志摩就住在四明村，经常宴请孙用蕃，因此张爱玲也曾有幸出席，但在她后来的文章里从未提过陆小曼。或许她把对后母的厌恶，迁移到了陆小曼的身上。在民国，陆小曼亦是一个如同罂粟的女子，一个不折不扣的妖精。不知道多少人饮下那杯风情又芬芳的毒药，为她穿肠而死，无怨无悔。

其实后母孙用蕃对张爱玲并不刻薄，更无狠毒之说。在她嫁到张府之前，她听说张爱玲个头身段与她差不多，就带了两箱自己的衣服送给爱玲穿，并且那些料子都是好的。但张爱玲认为是施舍，是侮辱。她一直不肯宽恕，她曾在《童言无忌》里写过："有一个时期，在继母治下生活着，拣她穿剩的衣服穿，永远不能忘记一件暗红的薄棉袍，碎牛肉的颜色，穿不完地穿着，就像浑身都生了冻疮；冬天已经过去了，还留着冻疮的疤——是那样地憎恶与羞耻。"

语言何等犀利，竟是那样不依不饶。想来文坛上除了张爱玲，还没有几个人有这样的笔力，可以将对一件旧衫的感情描写得如此淋漓尽致。那是因为她太过骄傲，太过自尊。张爱玲后来用她的生花妙笔，多次批判过后母孙用蕃的形象。孙用蕃其实也出身于显赫的豪门之家，只因后来家道中落，而张廷重又继承着祖辈殷实的产业，故孙用蕃被人托媒嫁到了这里。

孙用蕃这一生除了与"阿芙蓉"做了知己，并没有犯下别的罪过。倘若不是家境影响，染上烟瘾，她也不用嫁给张廷重做继室，更无须做两个孩子的后母。但张爱玲对她的厌恶想来也是理所当然。这世上应该没有几个孩子可以宽容到真心去喜欢一个后母。她不喜欢回家，是因为她不愿意看到父亲和后母躺在榻上，云里雾里吸着鸦片的堕落模样。在张爱玲眼里，孙用蕃太过轻贱，太不自爱，只顾沉沦贪欢，哪管日月如飞。

最让张爱玲觉得悲哀的是，父亲和后母每日过着放纵奢靡的生活，却舍不得拿钱出来给她缴钢琴学费。张爱玲记得，每次向父亲要学费，遇到的总是拖延："我立在烟铺跟前，许久，许久，得不到回答。"这对一个有着极重自尊心的女孩来说，无疑是一种不可原谅的伤害。世上再无寻找珍贵事物的地方，她所能做的，是让自己更加干净，更加洒脱。

时光如绣，岁月结茧。记忆里所认为应当的美好，与现实总是南辕北辙。尽管这样，这流云般的日子还是要固执地过下去，哪怕行至山穷水尽处，亦会有一个转弯的路口，让你走出来。只是那一剪挂在窗前的明月，醒时我知，醉后谁解？

青青校园

也许她不够美丽，但是她从来都给人不平凡、不普通的感觉。有人说，像她这样的才女，只要有缘与她擦肩，必然会为她回眸。

沉默的时光，在你倚着窗牖听雨，坐在楼阁看云的时候，飘然远去。人在世间行走，必须戴着不同面具。不是因为虚伪，而是很多时候需要遵循自然，顺应环境。如果你不能改变生活，就必然要为生活所改变。

很小的时候，张爱玲就已经明白这个道理。父亲再娶，让她厌倦回到那个阴暗模糊的家。看着弟弟受到虐待，却又无处可逃，她感到伤悲。面对继母对她的冷嘲热讽，她束手无策，只觉得羞辱万分。她曾对着镜子看着自己哭泣的脸，咬牙发誓："有一天我要报仇。"

后来张爱玲说过，中学时代是不愉快的。她觉得内心压抑，面对无奈的人事，她总是沉默相待。只有离开家里鸦片的云雾，来到姑姑家或者在学校，日子也算是清简如水。

张爱玲的中学时代并非都是愁云惨雾。她也曾有过许多小女生单纯的快乐，有过和春天携手的烂漫时光。的确，她的性格内向，审美天赋又比同龄人要好，并且她一贯不注重生活中的琐事。但是，她亦经常和表姐妹们一起去逛街、看电影，带着弟弟一起去买零食。

当遇到陌生人的时候，她多半是沉默的。只有和表姐妹们以及要好的同学在一起，她才表现得十分开朗。尤其谈论起她所喜欢的小说、电影和戏剧的时候，她更是神采飞扬，滔滔不绝。那时候，你全然会忘记，她是一个性情淡漠，内心有暗伤的女孩。

所以，每个人都有多重性格，会在不同的环境下，表现不同的自我。或开朗，或冷漠；或单纯，或世故。人也许在面对自己心灵的时候，才会摘下行走于世俗的面具，看到最真的自我。因为就算和自己执手相依的人在一起，也难免会有疏离和寥落。

张爱玲在中学时期迷上了写作，在趁人不备的时候，独自伏案耕耘。因为太爱看书，所以读中学的时候，她就已经近视，配了一副眼镜。她个子高，又清瘦，简单的衣着，遮不住她文雅的书卷味。也许她不够美丽，但是她从来都给人不平凡、不普通的感觉。有人说，像她这样的才女，只要有缘与她擦肩，必然会为她回眸。

十二岁的张爱玲，在圣玛利亚女校校刊《凤藻》上，刊发了她的第一篇小说《不幸的她》。虽然只有简短的一千四百多字，情节也比较稚嫩，但是对一个年仅十二岁的少女来说，无疑是一种惊艳；对她的写作生涯来说，也是一次美丽且不凡的开端。《不幸的她》描写了一个纯洁美好的女性被毁灭的悲剧历程，面对命运，女主人公只能逃离，在漂泊中度过自己的余生。

"我不忍看了你的快乐，更形成我的凄清！别了！人生聚散，本是常事，无论怎样，我们总有藏着泪珠撒手的一日！"多么无奈又清醒的文字，我们总有藏着泪珠撒手的一日。那时候的张爱玲，早已习惯了人生的离合聚散，并且面对离别，她学会人前淡漠，转身落泪。她知道，万水千山的人生旅程，多半只能是一个人独行。

第二年，张爱玲又在圣玛利亚女校校刊《凤藻》上，刊载了第一篇散文《迟暮》。这篇散文，更是写出了她这个年龄不合时宜的想法。在那色彩缤纷、目不暇接的春天里，她感叹人生韶华稍纵即逝，竟不如朝生暮死的蝴蝶那般令人可羡。在她这样的花样年华，看到的该是青山碧水的葱郁风景。可她怀着百转千回的心事，感叹人生烟云，美人迟暮。或许这就是张爱玲的超脱之处，让我们看到一个女孩，守在花样的黄昏，看流水光阴，缓缓远去，远去。

张爱玲恋上了在学校的时光，她天资聪慧，各科成绩都是甲或A。最为主要的是，在学校她可以自由地写作。听到老师的赞扬，看到同学欣赏的目光，她的心底生出几许人之常情的安慰和骄傲。那种对文字深刻的热爱之情，在许多个月明星疏的夜晚，更加地蠢蠢欲动。

张爱玲喜欢上国文（语文）课，恰好学校来了一位有才华、有见地的汪老师，对国文甚为重视。汪老师最初注意到张爱玲是因为她的一篇自命题作文《看云》。行文潇洒，辞藻华丽。之后汪老师对张爱玲就开始不由自主地关注起来。那时候的张爱玲因为个子高，坐在最后一排最末一个座位上，她总是面无表情，穿着随意。她不美丽，却以一种别样气质让人频频回首。

张爱玲喜好文字，才情出众，除了给学校的刊物投稿之外，其余任何的诗会、歌团，她都不参加。这位特别的女生给老师和同学的印象是，骄傲又淡薄。她不肯流俗，所以，人流中总是难以捕捉到她的身影。可是张爱玲这个名字，又仿佛无处不在。

之后，张爱玲在学校的《国光》刊物上，刊载小说《牛》《霸王别姬》及《读书报告叁则》《若馨评》，在《凤藻》刊载《论卡通画之前途》。其中《霸王别姬》深得广大师生的关注和喜爱。汪老师对此文更是赞赏，说与郭沫若的《楚霸王之死》（注：应为《楚霸王自杀》）相比较，简直可以说一声有过之而无不及，应该好自为之，将来的前途是未可限量的!

这篇小说里的虞姬，不是在项羽失败之时因为穷途末路被迫而死，她死于鼎盛之后，通往衰落的那个过程。这个叫虞姬的女子，提前预知了结局，趁一切还未到来之际，决绝地了断了自己。她的最后一句话是："我比较喜欢那样的收梢。"这一年的张爱玲，十七岁。一个十七岁的花季少女，竟将人生看得这样透彻。

在圣玛利亚女校的这几年，张爱玲实际最为钟情的是研究《红楼梦》。她甚至用课余的时间，写过一部章回小说《摩登红楼梦》，分上、下两册。那时候的她，已经知道将古典人物现代化，写得别致新颖，又狠狠地将世态批判一通。她父亲读后，亦是赞赏不已。张爱玲每隔三五年，都要重读一遍《红楼梦》，她曾慨叹："每次的印象各各不同。现在再看，只看见人与人之间感应的烦恼。——个人的欣赏能力有限，而《红楼梦》永远是'要一奉十'的。"

这个漫长又短暂的中学时代，在企盼又不经意的时候走至尾声。仿佛还有一场善感的梦，留在某个春天的晨晓，不曾醒转。还有一个温润少年，在校园外的路灯下，不曾牵手，便已错过。曾经想要省略而过的青春时光，就如璀璨烟花那样，灰飞烟灭，了无痕迹。

对张爱玲来说，这段中学时光应该是深刻难忘的。多年以后，她还会想起校园里的梅林，想起那些纵横交错的小路，还有古老的钟楼。想起她在这座校园里，写下的那些清新又稚嫩的文字。是校园，让她忘记了家庭的许多不快。也是校园，成就了她一生引以为傲的文字梦想。

　　临别之前，张爱玲在学校的校刊上，给毕业的女同学手绘了卡通画。每个人被她赋予不同的角色，看上去生动传神、趣味盎然。她把自己画成手捧水晶球的占卜师，只是不知道，她能占卜谁的命运。

　　多少年过去了，我们还能看到当年圣玛利亚女校学生的一张老照片。短发女生，浅色旗袍，那么纯净，那么圣洁。尽管照片是黑白的，并且有些模糊不清，但那条年少的河流，已然清可见底。过往的记忆，在水底沉静、安然。看着看着，让人有落泪的冲动。那是因为我们都曾美丽过，只是不再年轻。

　　别了，朝露纯净的校园。别了，青春做伴的时光。要相信，在岁月的岸口，会有一艘渡河的船，载着我们去另一个未知的远方。掩上过往的重门，在流光依依的巷陌，仿佛总是有声音在问：是否有那么一种青春，叫重来？

劫后重生

她薄脆的心开始更加坚定，更加从容。她相信，纵然心上飞雪，只要推开窗，桃花又会红，杨柳还是那么绿。

如今再看披着锦衣华服的上海滩，高贵而妖娆，绝世独立。这座城，在三十年代，也曾经历了乱世的战火硝烟，掀起过无数江湖风浪。只是沧海桑田，所有的一切都被锁在那座叫过往的城里，早已寂静安然。

那场民国的风，吹拂至上海滩的每个角落。而那个年代的人，总是在慌乱中寻找人生的归宿。后来在张爱玲的文章里，总能看到"乱世"这个词。回首她一生所处的环境，所经历的故事，确实意乱纷纭。或许是我目光浅薄，总觉得世事风云浩荡，就算在太平盛世，也逃不过血泪交织的人生。

张爱玲的母亲黄逸梵在乱世中回国了，这个几度留洋的新时代女性早已习惯动荡，无惧风霜。母亲的回国，张爱玲看似漫不经心，实则内心涌动着无尽的欢喜。因为这时候的张爱玲已经是个亭亭玉立的花季少女，母亲身上散发出的那种浪漫迷人的欧美气息，让她倾倒陶醉。母亲讲述国外的风景、传奇，无不令她神往。那时候张爱玲厌烦了家里的气氛，不可抑制地想要出国。

母亲归来，张爱玲就更加不愿回父亲的家，常常在母亲那儿待到日落黄昏，新月初起，才依依不舍归去。次数久了，父亲很不高兴，觉得这些年养活、教育的女儿，心却在那一边。尤其当张爱玲提出出国留学的要求时，张廷重更是大发脾气，觉得她受到母亲的挑拨。后母趁机大骂起来："你母亲离了婚还要干涉你们家的事。既然放不下这里，为什么不回来？可惜迟了一步，回来只好做姨太太！"

如此羞辱，令张爱玲对后母的恨意有增无减。张廷重始终是个守旧之人，黄逸梵和张茂渊的留洋让他深刻体会到，一个女子只要踏上新时代的旅途，就再也找不到东方女性传统典雅之美了。更为重要的是，家里两个人抽鸦片已是一笔巨大的开销，他连张爱玲学钢琴的钱都舍不得出，又如何情愿拿出这笔钱供她留学？

淞沪会战在人们的意料中爆发了，整个上海滩陷入混乱的硝烟战火之中。有人背井离乡匆匆逃窜，有人忙着享乐坐以待毙。夜间听着炮火声，无法安眠。张爱玲跟父亲提出去姑姑家住几日，张廷重明知她去姑姑家也就是去母亲家，心中虽有不快，但也不好回绝，就答应了。

回到母亲的家，如倦鸟还巢，尽管外面乱世纷繁，她的心却干净似琉璃，不受干扰。奈何流光催人，转眼就这样过了两个星期。当她极不情愿地回到父亲的家时，后母阴沉着脸坐在客厅，对她发问："怎么你走了也不在我跟前说一声？"张爱玲无奈，只淡淡回道她跟父亲说过了。后母恼道："噢，对父亲说了！你眼睛里哪儿还有我呢！"

话一出口，就啪地打了张爱玲一记巴掌。张爱玲万分屈辱，本能想要还手，被府里的老妈子拉住。此时后母煞有介事地往楼上奔去，大喊："她打我！她打我！"紧接着，张爱玲的父亲不问青红皂白，对着她就是一阵拳打脚踢。

"在这一刹那间，一切都变得非常明晰，下着百叶窗的暗沉沉的餐室，饭已经开上桌了，没有金鱼的金鱼缸，白瓷缸上细细描出橙红的鱼藻。我父亲趿着拖鞋，拍达拍达冲下楼来，揪住我，拳足交加，吼道：'你还打人！你打人我就打你！今天非打死你不可！'我觉得我的头偏到这一边，又偏到那一边，无数次，耳朵也震聋了。我坐在地上，躺在地下了，他还揪住我的头发一阵踢。终于被人拉开……"

这是张爱玲在《私语》中，对那段情景的描写。她之所以会如此不惜笔墨，是因为这是她生平最大的一次羞辱。父亲的拳脚相对，彻底粉碎了她对这个家最后的一点不舍。那一丝原本就薄弱的亲情，在此刻荡然无存。此后，张爱玲将自己内心的感情藏得更深，她不敢轻易去爱。因为她知道，这个迷惘的世界需要冷漠与之对抗，甚至连恨都需要勇敢，需要力气。

在镜中，看着自己的累累伤痕，张爱玲欲哭无泪。次日，姑姑闻讯来说情。后母一见她便冷笑："是来捉鸦片的吗？"不等姑姑开口，父亲便从烟铺上跳起来，拿着烟杆对着自己的妹妹劈头打去，把她也打伤了，进了医院。张茂渊想要去报巡捕房，又觉得此事为家丑，实在丢不起那个脸，方才作罢。

那时候，张廷重就像一只受伤被激怒的野兽，失去了理性。他把这么多年的抑郁，这么多年的沉沦，以及所有的怅惘，都发泄到张爱玲的身上。也许等到时过境迁，他才会幡然醒悟，追悔莫及。而张爱玲多年以后，再来看待这件事，会觉得父亲其实是那么可怜又可悲。一个朝代的更替，让多少人的心灵也随之换去，让他们看不懂陌生的自己。

父亲扬言说要用枪打死她。张爱玲被监禁在空房里。这座她出生于此的房舍，这座承载了百年风霜的老宅，如今竟变得那样生疏，那样不近人情。幽蓝的月光洒在楼板上，隐藏着静静的杀机。张爱玲知道父亲不可能弄死她，但她担忧，就这样被关上几年，出来的时候，她就不再是她了。倚着木栏杆，天空湛蓝，炮火依旧。她心里期待，有那么一个炸弹可以落在家中，纵是同他们死在一起也愿意。

窗外的白玉兰，开着大朵大朵的白花，张爱玲却说，像污秽的白手帕，又像废纸，抛在那里，被遗忘。她从来没见过这样邋遢丧气的花。可见一个人的心境是何等重要，此时良辰美景，对张爱玲来说也形同虚设。

张爱玲病了，这一病就是半年。蒙眬地躺在床上，看着秋冬淡青的天，忘记了年代，忘记了年月。她觉得自己已经老去许多年，就要这样蒙眬地死去。但她从来没有停止过逃跑的念头，尽管她早已被囚禁得如同行尸走肉。

一个隆冬的夜晚，张爱玲终于等来了机会。她巧妙地趁两个巡警换班的时间，就那样无声无息地溜了出去。当真是立在人行道上了，街上寂寂地冷，路灯下只看见一片寒灰。"多么可亲的世界呵！我在街沿急急走着，每一脚踏在地上都是一个响亮的吻。而且我在距家不远的地方和一个黄包车夫讲起价钱来了——我真高兴我还没忘了怎样还价……"此时的张爱玲就是一只受伤的囚鸟，只要给一双羽翼，就不会忘记该怎样去飞翔。

近半年的囚禁时光，让张爱玲受尽熬煎。这也让她感悟到，在这苍茫的人间剧场，原来独活也不是那么可怕。她薄脆的心开始更加坚定，更加从容。她相信，纵然心上飞雪，只要推开窗，桃花又会红，杨柳还是那么绿。

张爱玲这一次离开，意味着彻底与那座老宅诀别，和父亲那个家进行了了断。后母将她的东西送的送，丢的丢，只当她死了。张爱玲并不为此而悲伤，他们的淡漠无情对她来说是一种灵魂的解脱。这世上，爱才是

张爱玲喜好文字，"才情出众"，除了给学校的刊物投稿之外，其余任何的诗会、歌团，她都不参加。这位特别的女生给老师和同学的印象是，骄傲又淡薄。她不肯流俗，所以人流中，总是难以捕捉到她的身影。可是张爱玲这个名字，又仿佛无处不在。

原来，一个人只要内心沉静，无论你处于怎样的繁华闹市，都可以清明简然。没有一段人生，不是风雨相携，也许做不到敬畏，但要尊重。我们还是要走下去，按照俗世的规律，走下去，不偏不倚，不惊不扰。

债，恨不是。

张爱玲一无所有地投奔，无疑给母亲增添了经济负担。那时候，姑姑因为炒股票出现了巨大的亏损，汽车卖了，司机和用人也都辞退了。当年两位留洋归来的单身女子，香车宝马出入，人前人后伺候的风光就这样一去不返，恍如隔世。

张爱玲在《童言无忌》里有写过这样的话："问母亲要钱，起初是亲切有味的事，因为我一直是用一种罗曼蒂克的爱来爱着我母亲的……可是后来，在她的窘境中三天两天伸手问她拿钱，为她的脾气磨难着，为自己的忘恩负义磨难着，那些琐屑的难堪，一点点地毁了我的爱。"

她迷惘了，甚至怀疑自己是否值得母亲如此为她付出。这个自卑又自傲的女孩，常常觉得自己背离光阴，行走在不属于她的红尘陌上。可是谁的人生不是如此，你期待日子就这样安静过下去，却总会被突如其来的意外惊扰。

所幸，失散的人，有一天会在林下重逢。错过的事，终会以另外的方式补偿。世事洪荒，沧溟万里，走过去了，便山青水静，云淡风轻。

港岛岁月

内心的梦想始终不能圆满，她只好在缺憾中简洁度日。整个校园，乃至整座城，都蔓延着那似火的繁花。而她的世界，梨花胜雪，洁如初生。

有一座城，叫香港，又或者说，这不单是一座城，也是一座港岛。曾几何时，这座城离我们很远，山长水远；又离我们很近，只是一朝一夕的距离。而我们都是这座城里游走的微尘，在摩肩接踵的人流中来来去去，飘零就是最好的归宿。

张爱玲曾经也是这座城的过客，留在这里的时光，说长不长，说短不短，三年而已。从父亲家里逃生出来的张爱玲，在母亲这边每日认真补习，预备考伦敦大学。天资聪慧的张爱玲不负所望，考进了伦敦大学。眼看着多年以来的留学梦就要如愿以偿了，可好事多磨，那场战争激烈得不肯消停，令张爱玲无法前往英国，只好改去香港。

1939年，十九岁的张爱玲来到香港，她要到香港大学专攻文学。这个瘦高的女孩，穿着一袭素布旗袍，拎着母亲出洋时的旧皮箱，就这样只身南下。也许在她的心里会对这个陌生城市感到一丝隐隐的不安。但她早就渴望一个人独行，只要离开上海，她就可以过干净利落的生活，可以为自己的人生重新做主。

船靠近香港码头时，张爱玲就领略到这座城那份独有的明媚色彩。后来她把初到香港的印象，写在《倾城之恋》里。"望过去最触目的便是码头上围列着的巨型广告牌，红的，橘红的，粉红的，倒映在绿油油的海水里，一条条，一抹抹刺激性的犯冲的色素，窜上落下，在水底下厮杀得异常热闹。"

尽管看惯了海市蜃楼的她，早已对繁华风景不屑一顾，但张爱玲固执地相信，每座城都会有它不可言说的美妙和故事。她知道这座城能留住她的，也只是刹那韶光。纵算她从来都相信，自己是一个绝尘女子，她期待的，也只是简约生活。

张爱玲背井离乡求学，担忧她的人就是母亲和姑姑了。她们安排了一个叫李开第的人在码头等候。李开第是姑姑张茂渊的初恋情人，二人曾在英国的轮船上邂逅，一见钟情。但他们并没有结成连理，李开第后来另有所爱，有了家室。而张茂渊独守空闺五十余年，或许命定情缘，他们在黄昏之龄再度重逢，喜结连理，携手共夕阳。

香港大学，坐落于半山腰的一座法国修道院内。山路两旁盛开着如火的野花，火红的颜色像被点燃一般。后来这里所遇见的许多景致，都成了张爱玲小说里的背景。如果说张爱玲的中学时代如她所说是灰色的，那么她的大学时期，应该增添了许多意想不到的色彩。

港大的学生多来自东南亚，是华侨富商的子女。就算是本地的学生，也是家境十分优越的。这些阔二代，挥金如土，社交活动多如午夜繁星。他们英文都非常好，而中文不过是识字水平。张爱玲因为靠母亲养活，与他们的贵气相比，就显得很清贫。

《小团圆》里写过，"在这橡胶大王子女进的学校里，只有她没有自来水笔，总是一瓶墨水带来带去，非常触目"。为了节约开支，张爱玲不敢参加任何社交活动。在香港求学三年，她连跳舞都没学会，因为她没有多余的钱来置办跳舞的裙子。

入校不久，张爱玲就遇到一件令她很尴尬的事。宿舍有个叫周妙儿的女生，父亲是巨富，花钱买下整座离岛，盖了富丽堂皇的别墅。她邀请全宿舍的同学去游玩一天，去那里要自租小轮船，来回每人需要摊十几块船钱。张爱玲舍不得这份额外的支出，便向修女请求不去。修女追根究底，张爱玲无奈只好说出实情。

父母离异，她被迫出走。母亲微薄的收入，供养她读大学已经很不易，所以，她没有多余的钱去参加那些繁多的社交活动。说这些的时候，张爱玲自觉十分羞窘。倘若不是迫不得已，她希望这种种遭遇，今生不再对任何人提起。偏生这修女做不了主，又将此事请示给修道院长，最后闹到众所周知的境地。

贫穷不是错，可贫穷在无形之中成了一种耻辱。因为那些娇生惯养的学生根本无法深刻体会生活的艰辛。他们认为，穷让人丢失颜面，甚至丧失尊严。所以，无论如何，都要让自己在人前荣贵，方不负这锦绣华年。

只是一个人的贵贱，又岂是你能选择的？张爱玲算是簪缨世族，豪门之后，可短短数十载，所有的荣华被一场风吹得荡然无存。人生从来就没有绝对的安稳，困境之中，唯有自救，方能解脱。

张爱玲救赎的方式，就是发愤苦读，洗去贫穷的羞辱。她努力学习英文，最后可以背下整本弥尔顿的《失乐园》。三年里，她给母亲和姑姑都是用英文写信。晚年在美国时，曾有教授说她英文写作比美国人多，并更有文采。

她的努力终究没有白费，每门功课都取得了第一。第二年，她拿下了港大文科二年级的两个奖学金。有一位英国籍教授为此惊叹："教书十几年，从未有人考过这么高的分数！"因为她的出众，学费、膳宿费全免，据说毕业后还可以免费保送到牛津大学去深造。

渐渐地，同学们忘记了她的贫穷，取而代之的是欣赏和赞叹。但这里

终究不是圣玛利亚女校，那些年少的心灵单纯而洁净。这些华侨子女带着与生俱来的优越感，恣意放任自己的人生，如同那些一路燃烧的野火花。他们无法真正走近这个半是古典、半是时尚的女子，更无法读懂她文字背后那份高贵的骄傲与深刻的内蕴。

这些情窦初开的女生，似长在春天枝头的美丽蓓蕾，含苞待放。她们需要和赏花之人相聚在这场青春的盛宴上。张爱玲在《小团圆》里写过："夏夜，男生成群地上山散步，距她们宿舍不远便打住了，互挽着手臂排成长排，在马路上来回走，合唱流行歌。有时候也叫她们宿舍里女生的名字，叫一声，一阵杂乱的笑声。"

尽管，色彩斑斓的港大生活也曾给张爱玲带来喜悦，可在那来来往往的赏花之人中，她总是寻不到想要的那一个。张爱玲晚年回忆道："我是孤独惯了的，以前在大学里的时候，同学们常会说我们听不懂你在说些什么，我也不在乎。"

不是她抗拒绽放，而是还遇不到一个值得她为之灿烂的人。她看似薄弱的身段，带着一种无言的坚韧。没有人，敢轻易敲叩她的心门。内心的梦想始终不能圆满，她只好在缺憾中简洁度日。整个校园，乃至整座城，都蔓延着那似火的繁花。而她的世界，梨花胜雪，洁如初生。

当别人都在尽情释放自己青春的时候，张爱玲也找到了适合自己的地方，那就是图书馆。她将感情寄存在这里，忘记自己是多么孤独。图书馆里有着幽静的空气，泛着书卷的冷香，让她情不自禁地喜爱。书架上，摆放着那些大臣的奏章、象牙签、锦套子里装着的清代礼服的五色图版，给了她一种久违的熟悉感。

置身于图书馆，犹如站在历史的殿堂，可以往返于各个朝代，收获许多莫名的惊喜。悠长的岁月，在这里缓慢地流淌，真实又虚幻。偶尔抬眉看着窗外，雾雨和青山，她的心，是那么安静，静到连尘埃都不忍下落。

原来，一个人只要内心沉静，无论你处于怎样的繁华闹市，都可以清明简然。没有一段人生，不是风雨相携，也许做不到敬畏，但要尊重。我们还是要走下去，按照俗世的规律，走下去，不偏不倚，不惊不扰。我相信，香港这座城，带给张爱玲的，绝对不只是这么多。

天才梦想

或许张爱玲从来就不是一个向往唯美的女子，在她很小的时候就明白，人生是用来宰割，用来修剪的。所以，她从来都不惧怕破碎，春水东流，秋月残缺，多少温情故事会被榨干。

每个人的一生，都会邂逅几段或深或浅的缘分。只是时光长短，萍聚云散，由不得你我做主。穿行在摩肩接踵的人流中，缘分会指引你，找到那个与你心意相通的人。或许这世间没有谁，能够陪你真正走到终点，但我们依然要感恩那些深刻的相逢。

生命是一场漫长不可预知的远行，晓风冷月，杨柳落英，都只是刹那风景。那些结伴同行的，不只是爱情，还有不可缺少的亲情和友情。不管是否有一天会成为漠然转身的路人，任何一桩缘分，我们都要珍爱。

原以为张爱玲这般孤傲的女子，应该只和文字做了知己，和寂寞有了偎依。其实我们都明白，一个爱上文字的女子，情感应该比寻常人深邃。

张爱玲是那种会将万千柔情隐藏的女子，可以让她为之心动的人，确实不多。她时而冷若寒梅，时而媚似海棠，时而浓似烟霞，时而淡如清风。读过她文字的人都该知道，她这一生邂逅的不仅是两个刻骨相恋的男子，还有风雨相携的朋友。

在港大，这座花团锦簇的校园，张爱玲时常被莫名的孤独砸伤。除了刻苦学习，去图书馆阅读文学书，她的日子甚为简单。然而有这么一个女孩，在不经意间走进了她的生活，使得紧紧相随的孤独，渐行渐远。

她叫炎樱，是个混血儿。父亲是阿拉伯裔锡兰（斯里兰卡旧称）人，在上海开摩希甸珠宝店。母亲是天津人，为了那段跨国婚姻，和家里决裂，断绝来往。炎樱皮肤黑，身材娇小丰满，五官轮廓分明。她为人爽朗，说话语速快，又十分野蛮有趣。正是这个热情如火的女同学，改变了张爱玲的冷淡和忧郁，让她在港大的生活多了欢笑与趣味。

如今还可以看到一张她俩在炎樱家屋顶阳台上的合影。因为时光久远，原本黑白的照片更加模糊不清。尽管岁月在照片上留下了斑驳的印记，但是我们依然可以看到两个穿着裙子的年轻女孩的脸上的灿烂笑容。看过张爱玲的许多相片，能够如此会心微笑的又有几张？

后来，炎樱的名字多次出现在张爱玲的笔下，她成了张爱玲一生最重要的知己。也许炎樱不是张爱玲生命中不可或缺的一笔，但她的存在有如雾霭迷蒙的晨晓添了一缕绚丽的云霞。张爱玲本是冷情女子，对于炎樱，

她却无法做到淡漠。

张爱玲写过一篇《炎樱语录》，讲述了这个乐观女孩的一些生活逸事，让我们可以更加清晰地读懂这个平凡女孩的人格魅力。炎樱在报摊上翻阅画报，统统翻遍之后，却一本也不买。报贩讽刺地说："谢谢你！"炎樱答道："不要客气。"

炎樱买东西，付账的时候总要抹掉一些零头。即使在犹太人的商店里，她亦这样做。她把皮包的兜底掏出来，说："你看，没有了，真的，全在这儿了……"如此可爱有趣的女孩，让店老板都为她的孩子气所动容。

炎樱聪慧灵敏，亦颇有文学天赋。张爱玲说她也有过当作家的想法，还曾积极学习华文，甚至说过一句诗意且富有哲理的话："每一个蝴蝶都是从前的一朵花的鬼魂，回来寻找它自己。"张爱玲之所以喜欢和炎樱交往，不仅是可以感染她的快乐气息，很多时候，她亦可以看到张爱玲内心深处的柔软和孤独。

她们有着相同的宿命论，相信前世今生，相信因缘际遇，不是巧合，是注定。或许很多人不知道，张爱玲初次来到香港，与她同船共渡的人，其中有一个就是炎樱。只是那时候她们还未曾结缘，但真正有缘的人，哪怕转过水复山重，也会相遇。

　　炎樱有幸，做了张爱玲亲密朋友中的一个。又或许说张爱玲有幸，在她寂寥孤独时，得遇这样一位热情开朗的女孩。在香港求学期间，和张爱玲一起看电影、逛街、买零食的人，是炎樱；和张爱玲漫步校园、说心事的人，也是炎樱。炎樱知道，沉默孤傲的张爱玲，其实内心精致含蓄。所以，她对张爱玲不仅是珍惜，还有许多的怜惜。

　　而张爱玲对炎樱的友情，亦是非同寻常。都说多情女子爱流泪，但张爱玲很少哭。她后来说过，平生就大哭过两回，其中有一次为的是炎樱。据说有一次放暑假，炎樱原本答应留下来在香港陪张爱玲，但不知为何，不辞而别提前走了。张爱玲为此悲伤不已，大声哭泣，想来是因为她太孤独了。

　　她们之间还有一个共同爱好，那就是绘画。张爱玲自小喜好绘画，而炎樱也恰好有这方面的天赋。后来香港沦陷时，为了消磨光阴，她们经常在一起作画。一个构图，另一个上色，可谓珠联璧合。张爱玲小说集《传奇》的封面，两次都是炎樱所设计，她新巧又灵动的构思，深得张爱玲喜欢。

　　所谓君子之交淡如水，张爱玲和炎樱的友情虽然深厚，却也一直保持着距离。香港分别后，她们在圣约翰校园有缘再聚。尔后，天涯离散，几经浮沉，亦有过重逢。在一起时，她们惺惺相惜；不在一起时，她们淡淡思念。

在港大，除了和炎樱的这段友谊，还有一件难忘的事在张爱玲写作史上至关重要。在港大，她唯一一次用中文写了一篇文章，这就是她早期作品里最著名、最出色的一篇——《我的天才梦》。相信只要提起张爱玲，都忘不了她的名句："我是一个古怪的女孩，从小被目为天才，除了发展我的天才外别无生存的目标……"

这篇《我的天才梦》，是为了参加《西风》杂志创刊三周年的征文比赛而作。写这篇文章的时候，张爱玲只有十九岁。然而她斐然的才情令人惊叹，独特别致的文采以及惊世骇俗的结句"生命是一袭华美的袍，爬满了蚤子"更让人回味无穷。最后征文结集出版，她的题目"天才梦"被录用。

但张爱玲对《西风》评奖的结果极为不满，并在有生之年多次提及此事。20世纪70年代，她编《张看》时，在《天才梦》的末尾加了一段附记："《我的天才梦》获《西风》杂志征文第十三名名誉奖。征文限定字数，所以这篇文字极力压缩，刚在这数目内，但是第一名长好几倍。并不是我几十年后还在斤斤较量，不过因为影响这篇东西的内容与可信性，不得不提一声。"

据张爱玲回忆，征文寄出后不久，《西风》杂志社通知她"得了首奖"，她感觉"就像买彩票中了头奖一样"。谁知等到收到正式公布的得奖名单时，张爱玲大吃一惊，她回忆道："我又收到全部得奖名单，首奖题作《我的妻》，作者姓名我不记得了。我排在末尾，仿佛名义是'特别奖'，也就等于西方所谓'有荣誉地提及（honorable mention）'。"张爱玲还说：“《西风》从来没有片纸只字向我解释。我不过是个大学一年生。”

时过境迁，关于那次征文评奖活动究竟是怎样一回事，早已没有人再去翻寻。张爱玲之所以耿耿于怀，是因为她重视自己的文字。其实她并不是一个张扬的人，她的内心如莲般静谧，如此计较，是因为珍爱。但作为一个真正喜爱她文字的读者，不会在意她是否获过什么奖，而在意其书卷里散发出的无穷韵味。

张爱玲是一个天才，对于一个天才，世人会给予更多的仁慈与宽容。所以，她的乖僻，她的孤冷，以及她与这个世间的疏离，都值得原谅，值得尊重。倘若我们用寻常的眼光来看她，来要求她，那么张爱玲就不是粉黛春秋里的一个传奇了。

或许张爱玲从来就不是一个向往唯美的女子，在她很小的时候就明白，人生是用来宰割，用来修剪的。所以她从来都不惧怕破碎，春水东流，秋月残缺，多少温情故事会被榨干。岁月给得起旺盛的记忆，也同样可以掏空一切。

当我们穿上华美的旗袍，在镜前打量柔美的身段，自以为风情万种的时候，张爱玲却在远处，冷冷地看着。也许有过短暂的沉默，但那句她不忍心说的话，终究还是说了出来，说得那么响亮，那么清脆，那么彻底。

生命是一袭华美的袍，爬满了蚤子。

因为懂得，所以慈悲

尘埃里开出花朵

第三卷

乱世风烟

一切都会成为烟云。时光依旧美丽，尽管我们早已忘记当年星空。日子是在跋山涉水中度过的，但终有生生不息的风景，供你我赏阅。

乱世里的人，真的是身不由己。仿佛要把所有的硝烟过尽，才可以换来片刻安宁。其实，人类自身的摧残，远不及大自然锐利。乱世中，洁净的雪地上，遍布鸿爪。而太平盛世，连黑夜都是神秘多情的。

1941年，太平洋战争爆发。之后，香港沦陷。战火中的城市，纷乱到连疼痛都忘记。多少人无檐遮身，生不得安宁，死不得安身。风霜过后，如雨打残荷般冷落，所有的华彩都灭了。但时间会修复所有的伤痕，这座城，有一天会芳华绝代。

张爱玲似乎从来都知道，没有谁可以沿着自己预定的人生轨迹走下去。所以，当命运的风雨再次来袭，她虽有抱怨之心，却也有种司空见惯的平静。在她港大生涯的第三个年头，一场战火，将她天才梦想的校园，以及通往牛津大学之路，全部粉碎。

其实，所谓的"港战"，也就短短的十八天。但是这十八天，让张爱玲看到了乱世里波澜壮阔的荒凉。战争来临的时候，或许让人觉得是灾难。可走的时候，觉得只是一场意外。对于这场突如其来的磨难，平凡的百姓并不能采取任何措施。尤其是港大的学生们，面对炮火的轰炸，似乎连恐慌都忘记了。

张爱玲在《烬余录》写道："我们对于战争所抱的态度，可以打个譬喻，是像一个人坐在硬板凳上打瞌盹，虽然不舒服，而且没结没完地抱怨着，到底还是睡着了。"大家深居简出，把自己藏在认为安全的地方，不肯露面。轰炸期间，炎樱表现得很无所畏惧似的，她冒死进城看电影，独自回宿舍楼上洗澡。张爱玲说："她的不在乎仿佛是对众人的恐怖的一种讽嘲。"

因为战争，港大停止了办公，本地的学生归家，异乡的学生只有参加守城工作，这样方能解决吃住。张爱玲只好去报名，做了一名临时的防空团团员。在炮火声中，张爱玲担心会死在那些陌生人之中。在战火硝烟下，只觉得生命真的好虚无，个人的生死荣辱，是那么微不足道。

十八天的围城历险，总算熬过去了，漫长得恍如一个世纪。张爱玲在《烬余录》里有这样的记载："围城的十八天里，谁都有那种清晨四点钟的难挨的感觉——寒噤的黎明，什么都是模糊，瑟缩，靠不住。回不了家，等回去了，也许家已经不存在了。房子可以毁掉，钱转眼可以成废纸，人可以死，自己更是朝不保暮。像唐诗上的'凄凄去亲爱，泛泛入烟雾'，可是那到底不像这里的无牵无挂的虚空与绝望。"

但真正过去了，又让人觉得很不习惯，仿佛一颗悬着的心始终找不到踏实的落脚点。张爱玲也曾这么说："到底仗打完了。乍一停，很有一点弄不惯，和平反而使人心乱，像喝醉酒似的。看见青天上的飞机，知道我们尽管仰着脸欣赏它而不至于有炸弹落在头上，单为这一点便觉得它很可爱……"

灾难一结束，大家霎时解脱，便有了狂欢的场面。仿佛再不及时行乐就没有机会了似的。张爱玲也参与了，但她心里明白，这是堕落。但是战乱之后，得以苟且，谁还顾得了那许多。张爱玲看着那些生生死死，心里生出抵触和冷漠。不是因为她自私，而是她知道，生死本寻常，没有谁可以逆转。坐在时代的车上，每个人都是孤独的。

一场战争，结束了许多人的生命，也让许多人如获初生。所谓"一将功成万骨枯"，哪一次收复河山不是踏着千万人的尸骨，从古至今，不曾改变。这一年，女作家萧红病死在香港医院，死时三十一岁。她临终时有遗言："半生尽遭白眼冷遇……身先死，不甘，不甘。"无论你是名将，还是白骨，有一天，都会被历史的烟尘湮没。

港大的岁月，就这样结束了，有些仓促，有些始料未及。三年光阴，如白驹过隙，而那个孤傲的少女，似乎被历史改变得更加冷漠。或许，改变的不只是她，还有那些同样被战火洗礼过的人。无论是有名的，还是无名的，是崇高的，还是卑贱的，都成了过往。

匆匆诀别。没有圣玛利亚女校毕业时那般浪漫，那般清纯。这年夏天，张爱玲和炎樱一起离开香港，来到上海，算是风雨归来。上海，一如既往，岁月没有让这座城染上一点点沧桑。三年，亦不会将一个女孩的容颜更改。但是在姑姑张茂渊还有弟弟张子静眼里，张爱玲确实改变了不少。她长发披肩，显得更加高挑清瘦，衣着时尚，文雅而飘逸。

但人事在我们来不及思索，不曾参透的时候，悄悄转换，一切都似乎那么理所应当。张爱玲不知道，上海这座城，于她将意味着什么，等待她的又会是什么。母亲去了新加坡，张爱玲在上海的落脚处，便是姑姑租住的赫德路爱丁顿公寓。张爱玲其实喜欢公寓的生活，她说"公寓是最理想的逃世的地方"。

这间屋子的装饰，是姑姑自己设计的。客厅的壁炉，还有落地灯，典雅的沙发，让人舒适得都要忘记年光。站在阳台上，可以鸟瞰全城。不远处，有百乐门舞厅，夜半时候，还能隐约听到那些天涯歌女不厌其烦地唱着《夜来香》。那怀旧风情的音乐，至今还令人沉沦。而那时候，它却是粉饰太平的靡靡之音。

张爱玲对这里的一切，似乎很满足。和姑姑在一起的日子，有种细水长流的安逸。张爱玲在《私语》里写道："现在我寄住在旧梦里，在旧梦里做着新的梦。……阳台上看见毛毛的黄月亮。古代的夜里有更鼓，现在有卖馄饨的梆子，千年来无数人的梦的拍板：'托，托，托，托'——可爱又可哀的年月呵！"

那时候姑姑手头有些拮据，日子过得很清淡。因为港大还没有毕业，张爱玲回到上海便想转到圣约翰大学，把学业读完，拿一纸文凭，也算是对这个漫长的学习生涯有了交代。弟弟张子静原本考上了复旦大学中文系，却因太平洋战争，复旦停课而作罢。听完张爱玲的想法，他也决定考圣约翰大学。

可读书的学费从何而来？弟弟回去找父亲商议张爱玲学费之事，张廷重心里尽管无法忘记女儿的背叛，但他亦对自己当年的做法甚为后悔，再则张爱玲的才情也确实将他打动。总之，张廷重答应了，尽管那时候的他早已不再富裕。几年前，他已从那座宽敞的老宅搬出去了，换了一座小巧的洋房。

为了学费，张爱玲终究还是低了头，去了父亲那个陌生的家。后母知道她要来，有意避开。父女交谈不过几分钟，一切都是淡淡的，彼此神色冷漠，无有笑容。据后来弟弟张子静说："那是姊姊最后一次走进家门，也是最后一次离开。此后，她和父亲就再也没有见过面。"仿佛他们都问心无愧地让这段亲情随缘灭去。如此决绝，不知道谁比谁更无情。

　　好在一切都会过去，一切都会成为烟云。时光依旧美丽，尽管我们早已忘记当年星空。日子是在跋山涉水中度过的，但终有生生不息的风景，供你我赏阅。在圣约翰校园里，张爱玲又和好友炎樱相聚，她们一同考入了这所学校。那段珍贵的情谊，得以再续。

　　有些人，无须寻找，依旧在灯火阑珊处。有些人，想要留住，但轻舟已过万重山。张爱玲和炎樱的感情还是那么好，如港大时那般，一起携手看电影、逛街、买零食。有时相聚在姑姑家，几个女人，醉心于服装打扮。

　　张爱玲自中学以来，她的衣着就和别人不同。她是个随意创新的女孩，身上散发出与众不同的味道。从香港回来，张爱玲的风格更为独特。那时候的她，成了圣约翰校园里一道缥缈难捉的风景。也许那时候的她，还不够惊艳，不够灿烂，但足以让人心醉。

　　在这庸俗的世间，在这风云的上海滩，张爱玲的遇合不仅仅是这么几段，她真正的风华还不曾开始。那么就把自己交给时光吧，时光会告诉我们，关于她的许多，许多。

风华绝代

张爱玲是个极有灵性的女子，她能够巧妙地将生活琐事转变为小说的素材。她那个曾经鼎盛而后败落的家族，以及在她生命里经过的人，都成了她写作中取之不尽的源泉。

褪去夜色的华装，清晨的上海滩，有种洗尽铅华的美丽。黄浦江的水，似乎淘尽了悲欢，此刻流淌得那般从容。那些在睡梦中刚刚醒来的人，依旧有些微醉。他们又将在新的一天里，继续那场漫长的旅程，朝着自己选定的方向走下去。哪怕穷尽一生，也要走到终点，那时候，天地明朗，水滴石穿。

后来才知道，张爱玲最终选定走文字这条路，不仅是因为她的天才梦，也是因为这是她在尘世赖以生存的方式。我们都是岁月大河里的一粒沙石，尽管渺小，但是一举一动、一颦一笑都会影响到整个世界。张爱玲知道出名要趁早，她不喜欢迟暮的感觉——那种萎谢到连信仰都忘记的境况。所以，她从来不去质疑自己的梦。因为她明白，只要给梦一双翅膀，有一天终会扶摇万里。

在圣约翰大学读书，张爱玲经常囊中羞涩，她不想给姑姑带来负担，更不愿再向父亲乞讨。于是她萌生了卖文为生的念头，开始给英文《泰晤士报》写影评和剧评。张爱玲学生时代不仅爱读小说，亦爱看电影。上海的电影市场为东方之最。那些国外影片，国内大片，张爱玲是一部都不肯错过，那个时代的著名演员都跟她有过神交。

不仅如此，张爱玲受父亲影响，对传统戏剧亦有极大的兴致。京剧、越剧、评剧，无一不喜好。有了这些影片和戏剧的积累，张爱玲落笔从容自然。在很短的时间内，就发表了诸多剧评、影评，如《婆媳之间》《鸦片战争》《秋歌》《乌云盖月》《万紫千红》《燕迎春》《借银灯》等。

用英文写作，以影剧评论为开端，张爱玲从此真正踏上文学之路。并且，她在起步之时，非常成功。那时候的文坛非常寂寞，上海沦陷好几年，像茅盾、巴金、老舍、张恨水等有成就的大作家，在文化的长河里，渐渐地隐身匿迹。多年后，有个叫李碧华的女作家说过这么一句话："文坛寂寞得恐怖，只出一位这样的女子。"

柯灵先生后来说："我扳着指头算来算去，偌大的文坛，哪个阶段都安放不下一个张爱玲；上海沦陷，才给了她机会。日本侵略者和汪精卫政权把新文学传统一刀切断了，只要不反对他们，有点文学艺术粉饰太平，求之不得，给他们什么，当然是毫不计较的。天高皇帝远，这就给张爱玲提供了大显身手的舞台……"

　　不管是机遇还是巧合，总之张爱玲的文字确实被时代认可了。这个文坛新手，似一朵奇葩，绽放在乱世的上海滩。接着，她为德国人办的英文杂志《二十世纪》写《中国的生活与服饰》（*Chinese Life and Fashions*）。主编梅涅特对她出手不凡的长文感到震撼，惊为天人，声言"她有能力向外国人诠释中国人"，并夸张爱玲是"极有前途的青年天才"。

　　突如其来的巨大收获，是那样地始料未及，令她欣喜难言，尽管在这繁华背后，隐藏了太多不为人知的艰辛。后来张爱玲在《童言无忌》里说："苦虽苦一点，我喜欢我的职业。"写作是一种漫长的煎熬过程，唯有不断地经历春种秋耕，才能收获一场文字的盛宴。就像一场戏，许多人只看到锣鼓喧天的繁闹，不知道剧幕后面，那些伶人的倾心付出。

　　写作从此成了张爱玲的职业。这份职业伴随了一生；这份职业叫作寂寞，因为无须与人周旋；这份职业可以如她所愿，一个人在安静的灯影下，默默书写。张爱玲决意的事，不会改变。她辍学了，不想要那一纸单薄的文凭。事实上，以张爱玲超脱的悟性，她对这人世间的一切，早就有了深邃的解读。

　　张爱玲自称："我生来就是写小说的人。"也许她来到人间的使命，就真的是为文字而活。这时候的张爱玲才二十出头。尽管也经历了浮沉，但她的人生还未真正开始。若说情感经验，沧桑阅历，她都还不够。但一个天才，似乎可以免去许多纷繁的过程，她有着与寻常人相比事半功倍的优势。

也许一个没有将百味尝尽、风霜看遍的人写出来的字，反而更加婉转低回。而一个将万水千山都过尽的人，只剩下散淡余年，茶冷言尽了。张爱玲是个极有灵性的女子，她能够巧妙地将生活琐事转变为小说的素材。她那个曾经鼎盛而后败落的家族，以及在她生命里经过的人，都成了她写作中取之不尽的源泉。

1943年年初，对许多人来说，依旧春寒料峭。而张爱玲的世界，却是百花争妍。她是一个极其细腻的人，揣摩得出市井凡人的喜好。她知道，这些寄居在上海滩的人喜欢读什么样的文字；她知道，阳光底下并无新鲜事。但那些五味杂陈的旧事，遗落在历史的角落里，没有多少人愿意去发掘。而张爱玲是一个收集者，她将这些故事编排好，摊在岁月的桌案上，供来往众生翻读。

她的小说《沉香屑：第一炉香》，在开篇写道："请您寻出家传的霉绿斑斓的铜香炉，点上一炉沉香屑，听我说一支战前香港的故事。您这一炉沉香屑点完了，我的故事也该完了。"如此别具一格，故事还不曾开始，就已耐人寻味。那缕沉香的袅袅烟雾，令许多读者魂牵梦萦。

之后，张爱玲的佳作似枝头繁花，纷纷洒洒。她刊载了的小说有《倾城之恋》《金锁记》《琉璃瓦》《封锁》《红玫瑰与白玫瑰》等，散文有

《更衣记》《烬余录》《炎樱语录》等。很难相信，张爱玲可以在这么短的时间内，创作出如此多的妙文。她的文字让那些沉沦在苦闷中的人找到了寄托。正如柯灵所言："张爱玲在写作上很快登上灿烂的高峰，同时转眼间红遍上海。"

这就是天才张爱玲。她的才思如碎裂的冰河，在某个刹那，倾泻而出，奔腾万里。佛说，普度众生。每个人度人的方式不同，被度的方式也不同。张爱玲用文字度人，同时也在度己。这是思想上的超度，亦是对许多寂寞灵魂的救赎。

张爱玲在文字中，时常发出直抵人心的喟叹。许多人以为她是个人情练达的老者，却不知道，她正值风华绝代之龄。她的小说《倾城之恋》，打动了万千读者。"他不过是一个自私的男子，她不过是一个自私的女人。在这兵荒马乱的时代，个人主义者是无处容身的，可是总有地方容得下一对平凡的夫妻。"

她的《红玫瑰与白玫瑰》，又道尽了多少人的衷肠。"娶了红玫瑰，久而久之，红的变了墙上的一抹蚊子血，白的还是'床前明月光'；娶了白玫瑰，白的便是衣服上的一粒饭粘子，红的却是心口上的一颗朱砂痣。"

此时的张爱玲早已脱离名门之后那道美丽的光环，她让自己做一个自食其力的小市民，煮字疗饥，享受自给自足的温暖和安逸。她让文字走入红尘深处，在生活中却始终和人保持距离。所以，尽管张爱玲的文字让人品尝到烟火，但她给读者一种美人如花隔云端的神秘之感。没有谁可以真正窥视她的内心，你以为漫步在人流中，必定有一个人是她，却又那么遥不可及。

张爱玲就这样，以她绝世孤高的姿态，独立于上海滩的文坛巅峰。在寥廓的银河里，她是那枚月亮，在万星丛中骄傲又孤独地照耀着。在当时的文坛，还有几位女作家，亦是璀璨的星子。那就是苏青、潘柳黛和关露。她们被称为当时文坛的"四大才女"，风靡上海滩。

而这几位才女中，张爱玲最喜欢的就是苏青。她曾经说过，古代女作家中她最喜欢李清照，近代最喜欢苏青。因为她可以踏实地把握生活的情趣，她的特点是"伟大的单纯"，可以把最普通的话写成最动人的。而苏青也同样欣赏张爱玲，她说："我读张爱玲的作品，觉得自有一种魅力，非急切地吞读下去不可。读下去像听凄幽的音乐，即使是片段也会感动起来……"

张爱玲还写过一篇《我看苏青》的文章，让我们得以看到张爱玲心目中的苏青，真实生动。结局的那段文字，至今读来，依旧意味深长。"她走了之后，我一个人在黄昏阳台上，骤然看到远处的一个高楼。边缘上附着一大块胭脂红，还当是玻璃窗上落日的反光，再一看，却是元宵的月亮，红红地升起来了。我想道：'这是乱世。'……我想到许多人的命运，连我在内的；有一种郁郁苍苍的身世之感。……将来的平安，来到的

时候已经不是我们的了，我们只能各人就近求得自己的平安。"

其实，她们都是人间的浮萍，纵算在年华初好时，有了暂时的栖身之处，但最后，终究抵不过命运的摆布，将来的一切，都未可知。当繁华接踵而来的时候，张爱玲却时常在宁静的月光下，独自品尝寂寥的况味。也许我们都很想知道，这个写尽世间红男绿女的上海作家，究竟何时可以邂逅那段属于自己的爱情，这么多年，她的心门，又到底为谁虚掩着。

缘分路口

不是张爱玲的错，只怪她流年不利，会与胡兰成狭路相逢，所有的情感被他洗劫一空，不留余地。

是的，我们都要知道，在这个世界上，总有一个人在等着你。这个人，也许在蒹葭苍苍的水岸，也许在江南悠长的雨巷，也许在匆匆筑梦的廊桥。无论多少年，都要相信，他会一直守候在缘分必经的路口，等着你。也许他不会为你而死，但他注定为你而生。请记得，你不来，他不走。

如果说爱情是一场劫，那么每个人都要历尽劫数，才能重生。张爱玲遭遇情劫的那一年，二十四岁。不算早，也不算迟。这个男人，让孤高的张爱玲宁愿卑微到尘埃里，也要为他开出花朵。这个男人，让张爱玲愿意在绝世而立的时候，华丽转身，暗自萎谢。这个男人，让张爱玲决绝地抛掷一切，放逐天涯，离群索居，孤独终老。

他叫胡兰成，民国乱世里，一个并不十分响亮，却又掷地有声的名字；一个让群芳争妒，春风失色的无情赏花之人；一粒来无影踪，去无归所的缥缈微尘；一个狂狷自负的文人，一个挟妓啸游的汉奸。仅此而已。

倘若不是民国乱世，胡兰成或许会换另一种活法。也许他会循规蹈矩地做一个平凡男子，死心塌地和一个良善妇人过着"岁月静好，现世安稳"的日子。但他注定做不了这样一个男人，他注定要在乱世里恣意放情地活着。无论活出什么样子，是成是败，是王是寇，都要我行我素地活下去。哪怕身败名裂，纵是一无所有，亦无怨悔。

胡兰成，也算得上是个人物。这样的人物，在历史的长河里并不多见。他虽不正直，却也不懦弱；他虽不长情，却也不寡义；他虽不慈悲，却也不酷冷。只是这样一个人物，真的不够完美，不够光明，不够可爱。民国世界的男子多如星火，为什么偏偏这一颗，点亮了张爱玲。民国天空流云无数，为什么偏偏这一朵，邂逅了张爱玲。

该是多少年的修炼，多少次回眸，多少种缘分，才会有这样一段情。可胡兰成尽管惊喜于这样的遇见，却并非真的为张爱玲而生。纵然他想和这位民国才女，一起看细水长流，可他就是做不到。所以，他只能辜负，误了春花，又负秋月。佛说，红颜白骨皆是虚妄，青青翠竹尽是法身，郁郁黄花无非般若。

胡兰成的身世与张爱玲相比，可谓天渊之别。他出生于浙江省嵊县

（今嵊州）下北乡胡村，小名蕊生。据说祖父胡载元曾是个茶栈老板，也算得上是当地大富，但父亲胡秀铭继承家业后，无端败落，一家沦为普通农人。胡兰成自幼喜爱读书，却因家境贫寒，缺少许多机缘。

原本他可以安分守己地在乡村教书，和他平凡的妻，过粗茶淡饭的生活。但身逢乱世，恃才傲物的他不甘屈居于乡野，于是踏上了他的人生求学之路。二十岁的胡兰成，去了北平，因他书法颇有造诣，在燕京大学副校长室做抄写文书的工作。后回浙江，在几所专科学校任教，日子清贫，却也算安稳。

倘若不是发妻玉凤突然病逝，他因无钱安葬，四处借钱，受尽白眼和奚落，或许胡兰成不会改变。又或许，这只是一个借口。他本性就是如此，闯入纷纭的政治，落进滔滔情海，是他生命中的必然。

后来胡兰成说过这么一句冷漠的话："我对于怎样天崩地裂的灾难，与人世的割恩难爱，要我流一滴眼泪，总也不能了。我是幼年时的啼哭，都已还给了母亲，成年的号泣，都已还给了玉凤，此心已回到了如天地之仁！"

如此决绝，似一把泛着凛凛寒光的利剑，无须拔出，便已伤及肺腑。不知道，张爱玲为何就爱了这样一个男子。但他们相识之时，胡兰成分明是个多情的谦谦君子。谁又曾想到，于千万人之中遇见的这一个，会是那样薄情负心。不是张爱玲的错，只怪她流年不利，会与胡兰成狭路相逢，所有的情感被他洗劫一空，不留余地。

发妻死后，胡兰成被迫四处谋职，辗转多个城市，继续他的教书生涯。但此时的胡兰成早已心浮气躁，无法再忍受贫穷的生活。他不甘心只做一个教书匠，一无所获地度过余年。张爱玲曾经也说过这么一句话："教书很难——又要做戏，又要做人。"胡兰成一直在等待机会，等待有一天可以凭借东风，青云直上。这期间，他娶妻全慧文。

风云乱世，果然给胡兰成带来了际遇。1936年，胡兰成应第七军军长廖磊之聘，兼办《柳州日报》，鼓吹对日抗战必须与民间起兵的气运相结合。五月，两广兵变，但迅即失败，他被第四集团军总司令部监禁三十三天。

如此一来，反而给胡兰成带来了更大的机遇。1937年，他被《中华日报》聘为主笔，启程去了上海。次年年初，他又被调到香港《南华日报》任总主笔。这时候的胡兰成已经是投靠日本的大汉奸汪精卫手下有力的文将了，那些惨淡的旧事，早已成了他不愿提起的过往。

汪精卫的妻子陈璧君抵达香港，觉得胡兰成是个人才，亲自将他的薪水增为三百六十元港币，另外还送了两千元机密费。这之后，胡兰成的地位节节高升。他离开香港回上海，任伪《中华日报》总主笔。之后几年，胡兰成好运频频，就这样势不可挡。

宦海浮沉，福祸难料。时间久了，恃才傲物的胡兰成渐渐被汪精卫冷落。已经习惯了众星捧月的胡兰成，如何受得了这般冷遇？他结识了日本使馆的官员池田笃纪，后被汪精卫下令逮捕，后得日本人干预，才被释放。

出狱后的胡兰成，算是和那段辉煌的政治生涯挥手道别了。回首前尘，种种功贵灿若烟花，尽管美丽，却消失得太快。如今醒转，如同做了一场南柯之梦，梦里香车宝马，梦外一无所有。所幸的是，时光还在，活着的人还可以重新开始。

被狠狠挫败的胡兰成，需要时间来疗伤，他去了南京的家里休养。然而，就是这样一次休养，让胡兰成偶遇了"张爱玲"这个名字。之后，张爱玲就落入这个男人编织的情网里，被捆缚了多年。其实，早在胡兰成入狱时，张爱玲就曾陪同苏青去过一个叫周佛海的人家里为之求情。那时的苏青，很是欣赏胡兰成。想来张爱玲对胡兰成亦有耳闻，并略知他的才名，否则清冷如她，不会陪苏青去做此等事的。

那是一个冬阳和煦的午后，有柔风，并不冷。无所事事的胡兰成，漫不经心地翻阅一本由冯和仪寄来的《天地》月刊。先看发刊词，原来冯和仪就是苏青，这女子文笔大方利落，他甚为欣赏。再翻下去，看到了《封锁》，作者为张爱玲。仅仅几个小章节，便让胡兰成觉得此文不同凡响。于是他细致地读完整篇，不禁拍案叫绝。他又读了一遍，仍是意犹未尽。

自此，胡兰成便对这个叫张爱玲的人，再也放不下。一直以来，胡兰成一心只想着他的政治仕途，并不关注文坛之事。所以，他竟然对早已风靡上海滩的才女毫无所知，若不是这次偶然，或许他们就这样擦肩而过了。但亦有人说过，缘定三生的人，无论你如何躲避，兜兜转转到最后还是会在一起。

胡兰成开始收集杂志，留意与张爱玲有关的所有作品。只要是她的，便都是好的。他甚至难以相信，世间竟会有如此绝世女子，可以将文字写到如此美妙，如此让人难以自拔。他更加不知道，她的文字会让他全然忘记政治的失意，只想让自己在她的世界里沉下去。

是的，他要为这个叫张爱玲的女子下沉，哪怕沉一生一世也愿意。也许我们应当相信，这时候的胡兰成对张爱玲的那份热切的渴望，是出于肺腑的。他对她的迷恋，不是因为文字，而是隐藏在文字背后的那份情怀。他明白，能写出这样文字的女子，必定有着一颗张扬又孤冷的灵魂。他懂她，所以他要去找她。

找到她，告诉她，他就是那个她等候多年，却迟迟不肯出现的人。他就是那个于千万人之中，她想要遇见的人。他就是那个愿意与她执手相待，静看星辰的人。

爱情毒药

他在她眼里，是一碗掺和了世情百味，又醇香无比的佳酿，世上再无此味道。她在他眼里，是一株开到耀眼、开到荒芜的红芍药，人间再无此颜色。

都说，恋爱中的人会迷了心性，丢失自我。素日里所有的理智、把持，在爱情面前，都会生出叛逆之心。那些高傲的灵魂，一旦遇到了爱情，就变得十分卑微。只要爱了，所有的时光都是柔软的。那时候，忘记自己的名姓、年岁，只记得，爱的人在哪里，哪里就给得起现世安稳。

爱情是一杯毒酒，许多人含笑，义无反顾地饮下去。不是因为傻，而是身不由己。世界这么大，过客这么多，好不容易才遇见一个你，如何还能弃之于人海？那些勇敢追求的人，为何总是会畏怯失去？那些说好永不离分的人，最后都去了哪里？

爱的时候，顾不了那许多，不问将来，不问结局，只要当下。就那

样莫名地生出许多情绪，莫名地想要对一个人信誓旦旦，又莫名地为了爱伤害自己。爱的时候，又哪有时间追问因果。如果对了，就当作岁月的恩宠；如果错了，就当作人生的戏谑。

胡兰成从来都不管那许多的，他所认定的人，纵是与他隔了万里关山，他也要誓死相追。哪怕只是露水姻缘，他都不容许自己错过。1944年，春寒料峭中，胡兰成从南京回到上海，去编辑部找苏青。没有丝毫委婉，他直问那个叫张爱玲的女子。苏青道："张爱玲不见人的。"这句话，或许别人听了，顿觉相见无望，但胡兰成听了，万分惊喜，因为他知道，这个女子果然与人别样。

静安寺路赫德路口一九二号公寓六楼六五室。这是胡兰成从苏青那里得来的地址，至于是否有缘，则由他自己把握。胡兰成自是会去的，而且去得那么急。次日，他一袭青色长袍，斯文儒雅，叩响那扇紧闭的门。这一年胡兰成已是三十八岁，对一个尝过世味的男人来说，该是最好的年光。然而，就是这样一个走过岁月的男子，让秋水心事的张爱玲与他离得很近。

开门的人是张爱玲的姑姑，她用以往一贯的姿态，拒绝所有来访的读者，胡兰成也不能例外，因为此时的他，只是一个陌生的访客。不等胡兰成将话说完，开启片刻的门扉即准备关闭。胡兰成忘记带名片了，便急忙取出纸笔，写下自己的名字和电话号码，就这么从狭小的门缝里递了进去，转身离去的时候，胡兰成依旧安然。

当张爱玲看到那张字条，面对"胡兰成"三个字时，心中果真不是一般滋味。这个名字于她并不陌生，无论是从苏青的口中，还是上海滩的众多传闻中，她都听闻过多次。姑姑毕竟是过来人，她亦闻知胡兰成这个人物，知道他的一些复杂背景，觉得张爱玲应该谨慎为之。

隔了一日，张爱玲打了电话给胡兰成，告知她要去他家中回访。也许很多人都不明白，素日里孤僻的张爱玲，对待来访的客人，乃至自己的亲人，都是冷漠相待的，为何独独对这个未曾谋面的胡兰成，愿意如此低眉俯身？是她寂寞了吗？还是她有感应，这个男子不同于那些凡夫？是那根叫缘分的线，将之牵引？又或许仅仅只是好奇而已？

总之，张爱玲如约而至，去了胡兰成在上海的家，大西路美丽园。胡兰成这个家由侄女青芸打理，今日或许因为张爱玲的到来，刻意打理了一番。胡兰成对这次相见定然有所期待，他不止千百次地想过，能写出如此惊世文字的女子，该有怎样的容颜。或许在他的心中，早已刻画出一个真实的张爱玲模样。其实早在杂志上，胡兰成就看过张爱玲的一张照片，除了知道她芳华之龄，其余终究不够清晰。

而张爱玲对这个乱世里背景有些特殊的男子，是否亦心存淡淡渴望？想来是有的，只是我们无法确切地知道她的心情而已。初见时，胡兰成曾有一段细致的描写："我一见张爱玲的人，只觉与我所想的全不对。她进来客厅里，似乎她的人太大，坐在那里，又幼稚可怜相，待说她是个女学生，又连女学生的成熟亦没有。我甚至怕她生活贫寒，心里想战时文化人

原来苦，但她又不能使我当她是个作家。"

这到底是怎样的感觉？有失望？有惊奇？有迷乱？总之，以风流自居的胡兰成，不知阅过多少女人。风情万种、清纯可人、妩媚妖娆、朴素大方的皆有，却独独不曾遇这样的女子。她的气质，是骨子里渗透出来的，可以霎时摄人魂魄，却又说不出究竟是何种滋味。

"张爱玲的顶天立地，世界都要起六种震动，是我的客厅今天变得不合适了……她的亦不是生命力强，亦不是魅惑力，但我觉得面前都是她的人……"胡兰成的表达令读者也随之迷惑，以往见过张爱玲的人，多半说她高大清瘦，斯文冷傲。然而在胡兰成这样一个堂堂男人面前，张爱玲却被无限放大。好似她是个从天而降的"神"，让人不可躲避，只能对她凝神注目。

多年以后，胡兰成的侄女青芸亦对她初见张爱玲的印象有所回忆："张爱玲长得很高，不漂亮，看上去比我叔叔还高了点。服装跟人家两样的——奇装异服。她是自己做的鞋子，半只鞋子黄，半只鞋子黑的，这种鞋子人家全没有穿的；衣裳做的古老衣裳，穿旗袍，短旗袍，跟别人家两样的……"

她不美丽，亦不是那种让人即刻喜欢的女子。她的出现，令胡兰成曾经对美的定义、对美的标准，彻底乱了。"美是个观念，必定如此如彼，连对于美的喜欢亦有定型的感情，必定如何如何，张爱玲却把我的这些全打翻了。我常时以为很懂得了什么叫做惊艳，遇到真事，却艳亦不是那种艳法，惊亦不是那种惊法。"

这样举世无双的女子，到底还是惊了他。他甚至抵触对她的仰望，来掩饰内心的慌乱。"我竟是要和爱玲斗，向她批评今时流行作品，又说她的文章好在哪里，还讲我在南京的事情，因为在她面前，我才如此分明地有了我自己。"毕竟是张爱玲，年仅二十四岁的她，不曾恋爱过的她，竟然让胡兰成这个风月老手如此不知所措。

张爱玲的气质和美丽是从骨子里散发出的，她的文字和情愫，又岂是世间凡庸女子所及的？胡兰成不会不知道，这样的女子，深刻起来会让山河失色，岁月成尘。这样的女子，是任你穷尽人海，也不得相遇的绝代佳人。这种无与伦比的惊艳，自是令他心头翻涌难言。

这样一次闲谈，竟谈五个小时。倘若是知己良朋，五个小时的交谈，尚不算长。但对于两个初见的陌生人，五个小时的交谈，确实很久。况且张爱玲素日里寡言少语，她对胡兰成何来这么多的话语？难道是她平日所见的皆是一些少经世事的青年男子，突遇像胡兰成这样有许多故事的男人，心生某种无以言说的念想？毕竟那些没有内蕴的轻薄男子，实在难以令张爱玲有丝毫沉醉的理由。

胡兰成是一壶被时光储藏的陈酿，走过四季霜华，看过人生起承转合，自有一份幽深与宁静。张爱玲那颗孤独了廿年的芳心，终究需要一

个灵澈深邃的人喂养。所以，她情不自禁地品了这杯陈酿，并为之深深
动容。

　　胡兰成是这么说的："我的惊艳是还在懂得她之前，所以她喜欢，因
为我这真是无条件。而她的喜欢，亦是还在晓得她自己的感情之前。这样
奇怪，不晓得不懂得亦可以是知音。"这种带有蛊惑的遇合，终究是我们
不能明白的。他们如何就这样钟情于一个陌生人，如何就这样试着藏进心
底，我们难以言说。

　　他在她眼里，是一碗掺和了世情百味，又醇香无比的佳酿，世上再无
此味道。她在他眼里，是一株开到耀眼、开到荒芜的红芍药，人间再无此
颜色。五个小时的交谈，却意犹未尽。原本不舍就这样离开，奈何良辰向
晚，再美的筵席也要曲终人散。

　　张爱玲要走，胡兰成送她到弄堂口，并肩而行，彼此内心恍惚。胡兰
成不经意了一句话："你的身材这样高，这怎么可以？"只这么一句，
把两个人说得这样近。张爱玲诧异，甚至有些不喜欢。他们心底却又真的
觉得那么好。

　　是的，那么好。只一句这样的话，他愿为港，护她周全。而她愿成
舟，为他搁浅。

尘埃花开

自此，她放下所有骄傲，为他低落尘埃，为他念念不休。究竟是怎样的男子，可以让张爱玲甘愿在尘埃里开出花朵？

不知是相遇过早，还是重逢太迟，为何有种突如其来的喜悦，又有种浮云过眼的凉薄。他们的爱情，像是一株历尽风霜的老树，在迟暮绽开新的绿芽。她此时风华绝代，他的出现令她有种微雨燕双飞的惆怅。他恰好锋芒渐失，她的到来，令他有种春风拂面的安然。

岁月其实待张爱玲不薄，在她最好的年华，给了她一段爱情。不管这个男人是否值得她付出芳心，她的生命总是要有这么一个人的。不然错过了，只能怪流光不解风情，无端负了华年。

见罢胡兰成，张爱玲的心再也不能回到从前。这夜，她独倚窗台，看清冷月色，才恍然悟到这些年她不过在演一场独角戏。原以为山水不欠，守着一段时光独自沉醉，也可以微笑。直到胡兰成出现，她知道，她要的生活，终究如她笔下的人物一般，烟火与共。

仕途失意，却让胡兰成得遇一个张爱玲，他更觉世事原来这般宽厚。在情感的路上，胡兰成可谓春风得意，除了妻子全慧文，胡兰成还有一个旧好，原是百乐门的歌女，后亦委身于胡兰成，留在南京。但这些女子是不够的，或者说，再多的女子也无法阻挡胡兰成那颗生性多情的心。更何况，此次遇见的是享誉上海文坛的张爱玲，于他，当是午夜惊鸿。

第二天，胡兰成再访张爱玲。这一次，她长年深锁的门为他从容开启。张爱玲竟刻意为他打扮过，宝蓝绸袄裤，戴了嫩黄边框的眼镜，很是风韵妖娆。胡兰成踏进她的屋子，就开始了不安。他的不安，是因这房里的华贵。而这华贵，不仅是因为家具的贵重，而且是一种恰到好处的别致，是一种现代的新鲜明亮，带有无边的诱惑与刺激。

"阳台外是全上海在天际云影日色里，底下电车当当地来去。"这是怎样的生活，让一颗心瞬间想要放飞。京戏中，刘备到孙夫人房里竟然胆怯，而此时的胡兰成走进张爱玲房里亦有这样的感觉。所以，他会不由自主地说："你们这里布置得非常好，我去过好些讲究的地方，都不及这里。"张爱玲却说这里的一切都是母亲和姑姑布置的，若她布置，或许会选择更浓烈的色彩，那样温暖且亲近。

到底不是凉薄的女子，心软到无力承受。看着胡兰成在她面前讲他的生平往事，讲他的才气学识，她亦只是听着，她都懂。胡兰成后来说过："男欢女悦，一种似舞，一种似斗，而中国旧式床栏上雕刻的男女偶舞，那蛮横泼辣，亦有如薛仁贵与代战公主在两军阵前相遇，舞亦似斗。"他向来是不喜比斗的，可是如今见了张爱玲，却要比斗起来，因为棋逢对手，他想要征服。

"但我使尽武器，还不及她的只是素手。"可见胡兰成心中的张爱玲是何等锐利，何等绝代。平生之修炼，行走江湖也算有余，到了张爱玲这里，竟这般渺小。可云水苍茫，烟花柳月，他总不愿顾及许多，只这么说着，便要起诺，但守天荒。

当下时光，一刻值千金。胡兰成没有工夫再去比斗，亦不知该如何将这份心事继续下去。他不知，在张爱玲心里，他是一个风光霁月的男子，美如春花，瘦如秋水。或许是张爱玲之前接触的男子，实在没有一个如胡兰成这样倜傥风流的吧。看过胡兰成的照片，他长得并不十分英气，但有一种说不出的魅力。正是这种魅力，让这个情窦初开的女子，难以把持。

不知道，是不是陷入爱情的人总是会输。命运给了张爱玲这份机缘，满足了她对一个男人诸多强烈的渴望，同时这也是一场博弈。破茧成蝶的她，原本在上海滩舞得风生水起，可遭遇了一段爱情，她的世界就这样无辜地变了模样。

又是一场漫长的交谈，在迫不得已的时候终止。胡兰成回去之后，立即取了纸笔，给张爱玲写了第一封信，信的内容竟写得像五四时代的新诗，幼稚可笑。胡兰成一直有着自以为是的文采，可这些到了张爱玲那儿，就显得贫乏浅薄了。才情原本就没有可比性，以胡兰成的阅历，不至于在张爱玲面前如此拘谨。但因为爱情，他的成熟，就不再那样深沉了。

张爱玲回信："因为懂得，所以慈悲。"这句带着禅意的话，道尽衷肠。似乎不再需要过多的话语，只要彼此内心懂得，就是最大的慈悲。张爱玲其实并不冷漠，也不张扬，她骨子里懂得众生不易，所以，她能够对世事、对人情报以宽容。面对一个年长她十余岁，有家室，还有复杂背景的胡兰成，她没有怯懦，而是选择义无反顾。而胡兰成后来竟说她生性冷情，那样地不理解，对她难道不是一种残忍？

接下来的日子，胡兰成每隔一日必去看张爱玲。他们在那座美丽温情的公寓，喝大杯的红茶，吃精致的点心，谈文艺，说故事。如此志趣相投，像认识了数十年。张爱玲的姑姑见此情景，只觉不妥。她认为胡兰成的背景太不干净，再则又有妻室家小，张爱玲如此一个清白小姐，与他亲密交往，如何使得？

张爱玲虽离经叛世，但毕竟身处红尘，亦知人言可畏。这段爱情原是这样不圆满，令她心生凄凉与慌乱。她给胡兰成送去了一张字条，说以后不要再来相见了。而自傲的胡兰成认为，这世上不会有什么事冲犯，他仍旧去看她，而张爱玲依旧掩饰不住内心的欢喜。爱已至此，怎问因果！姑姑亦是爱过的人，不会不懂，所以她不再阻挡。

以后索性天天相见，每天日子都是新的，每天愿望都得以实现。那日胡兰成偶然说起张爱玲登在《天地》上的那张相片。翌日她便取出给他，背后还有字："见了他，她变得很低很低，低到尘埃里，但她心里是欢喜的，从尘埃里开出花来。"

自此，她放下所有骄傲，为他低落尘埃，为他念念不休。究竟是怎样的男子，可以让张爱玲甘愿在尘埃里开出花朵？胡兰成为她调制了一杯毒酒，她含笑举杯，一饮而尽。红尘世路，烟柳断肠，她的坚定，她的无悔，让读者落泪。此后，是坦途还是流离，全凭宿命。

就这样沉在时光里，水深火热起来。那段日子，胡兰成多半留在南京，但他每月总要回上海一次，住上八九天。每次回上海，不到家里，先去看张爱玲，踏进房门就说："我回来了。"如此，两人伴在房里，男废耕，女废织，连同道出去游玩都不想。那时候，他们的世界没有晨昏，没有无常业障，只有温柔情深的彼此。

两个人在一起，总有说不完的话。但他们都是思想受过训练的人，又都骄傲自负，所以，难免有些思想上的抵牾。胡兰成说过："爱玲种种使我不习惯。她从来不悲天悯人，不同情谁，慈悲布施她全无，她的世界里是没有一个夸张的，亦没有一个委屈的。她非常自私，临事心狠手辣。……她却又非常顺从，顺从在她是心甘情愿的喜悦。且她对世人有不胜其多的抱歉，时时觉得做错了似的，后悔不迭，她的悔是如同对着大地春阳，燕子的软语商量不定。"

不知道这对张爱玲究竟是褒还是贬。或许胡兰成是那个真正懂得她的人，也是这世上真正爱她的人。只是张爱玲太过干脆，太过洁净，太过鲜明，有时候令胡兰成心生惶恐。她的优势令他不敢逼视，竟好到让他心生不安。这样的女子不爱牵愁惹恨，不爱拖泥带水，她是陌上赏花人。

在一起时，只顾男欢女爱，伴了几日，彼此也吃力。胡兰成去了南京，张爱玲亦有了时间写字。每次小别，并无离愁，倒像是过灯节，对平常日子也觉有一种新意。若说没离愁，她却总在夜里独自感伤，只是到底不肯缠绵悱恻，流泪不止。

而胡兰成也乐得自在，尽管他深爱张爱玲，但她也终究是他群芳谱里的一个佳丽，纵然她有别于其他女子，可世事短长，终无他恙。胡兰成在《今生今世》里写过："我已有妻室，她并不在意。我有许多女友，乃至挟妓游玩，她亦不会吃醋。她倒是愿意世上的女子都欢喜我。"

这话中滋味，竟令人心生惆怅与遗憾。或许是张爱玲太过自信，她明知道胡兰成生命里有许多过客，但她不以为受到威胁，反而觉得自己会是他最后的归人。这场金风玉露的相逢，终究给不了她朝朝暮暮，地老天荒。张爱玲不知道，温天暖地的日子，也是万劫不复的开始。

第四卷

人生有情皆过往

倾城之恋

茫茫世路，一眼望去，尽是辨别不清的风月情仇。漫步前行的人，自己都不知道下一站将抵达哪里。

乱世里的姻缘，如惊涛骇浪，终究不是你我说了算的。张爱玲只想踏花拾锦年，枕梦寻安好。她不问世事，世事会来追问她。她不关心政治，政治亦会来关心她。但她决定了的事，无从更改。她愿意为爱承担，矢志不渝。

也许张爱玲不会承认自己爱错了人，但这是毋庸置疑的事实。她和胡兰成的这段倾城之恋，不知从何时开始，成了上海众说纷纭的对象。但她不在乎，始终和胡兰成过着男欢女爱的日子，看红日冉冉升起，再缓缓下落。

张爱玲依旧不喜与人交往，胡兰成在外界交往的朋友，她几乎不见。

她把所有与外界相关的事叫作纷乱。尽管此时她置身剑锋之上，亦不惊不惧。胡兰成是历经沧桑的人，他喜欢张爱玲如此利落，因为他亦不愿为这段莫测的感情，做过多的实践和承担。他甚至以为这世上再无他人，会像他这样如此爱她。所以，他和张爱玲这般浓情蜜意地交往，不曾背负愧疚之心。

胡兰成试探过张爱玲对结婚的想法，而张爱玲说她没有怎样去想象那个，她也没有想过去和谁恋爱，就连追求的人，似乎都没有，就算有，她亦不喜。然而爱情来时，当真是无从挑剔。而婚姻也是这般，来得那么不动声色。

"我与爱玲只是这样，亦已人世有似山不厌高，海不厌深，高山大海几乎不可以是儿女私情。我们两人都少曾想到要结婚。但英娣竟与我离异，我们才亦结婚了。是年我三十八岁，她二十三岁。我为顾到日后时局变动不致连累她，没有举行仪式，只写婚书为定，文曰：胡兰成张爱玲签订终身，结为夫妇，愿使岁月静好，现世安稳。上两句是爱玲撰的，后两句我撰，旁写炎樱为媒证。"

这是胡兰成的原话，果真是爱了一个人，曾经以为要慎重的婚姻，竟如此习以为常。胡兰成这里提到和英娣离异，不知那个全慧文又是如何安排的。他的情感世界太过纷乱，莫说是旁人，或许连他自己都弄不明白。然而纵是如此，张爱玲亦不计较。他们的结合似乎很是理所应当。没有费尽心思去争天夺地，也没有伤害别人，甚至连仪式都没有，只写婚书为定。

　　张爱玲究竟要什么？骄傲如她，难道要这样一个虚无的名分？要一场未知的约定？还是她真的可以把握，她将是胡兰成最后的归宿？又或许她根本就不在意那些，地老天荒从来就是个神话，她笔下的男女，有过多少圆满的结局？牵手是一种形式，坦然地牵手是为了将来洒脱地放手。

　　张爱玲纵然清醒，可她又何必以一世清白来换取这段错误的婚姻。她在《倾城之恋》里曾经这么写道："'死生契阔——与子相悦，执子之手，与子偕老。'……我看那是最悲哀的一首诗，生与死与离别，都是大事，不由我们支配的。比起外界的力量，我们人是多么小，多么小！可是我们偏要说：'我永远和你在一起；我们一生一世都别离开。'——好像我们自己做得了主似的！"

　　是的，半点由不得人。茫茫世路，一眼望去，尽是辨别不清的风月情仇。漫步前行的人，自己都不知道下一站将抵达哪里。胡兰成说："我们虽结了婚，亦仍像是没有结过婚。我不肯使她的生活有一点因我之故而改变。两人怎样亦做不像夫妻的样子，却依然一个是金童，一个是玉女。"

　　果真只有张爱玲，不肯为任何人改变自己。纵然她爱到无可救药，委身尘泥，可她与生俱来的性情，誓死不改。正是这样一个张爱玲，让胡兰成在她身上重新看到自己与天地万物，不再是以往那样，看山是山，看水是水地单调，而是一种更清醒的认知。倘若没有张爱玲，胡兰成后来亦写不出《山河岁月》那样的文字。

　　胡兰成说："张爱玲是民国世界的临水照花人。看她的文章，只觉得她什么都晓得，其实她却世事经历得很少，但是这个时代的一切自会来与她交涉，好像'花来衫里，影落池中'。"而张爱玲亦尊重这世间万物，她并非那种愤世嫉俗的女子。她说："现代的东西纵有千般不是，它到底是我们的，与我们亲。"

　　纵浪风云，亦愿世事安谐。婚后，二人在一起"照花前后镜，花面交相映"，就那样同住同修，同缘同相，同见同知。胡兰成喜与张爱玲读书探讨，在张爱玲那里，寻常都可以石破天惊，惊绝四海。前人说夫妇如调琴瑟，胡兰成是从张爱玲那儿才得调弦正柱。

　　然而，她似乎对他百依百顺，但不依之时还是不依，又不会逆反，只安静听着。张爱玲喜在房门外悄悄窥看胡兰成在房里，她写道："他一人坐在沙发上，房里有金粉金沙深埋的宁静，外面风雨琳琅，漫山遍野都是今天。"

　　她之情深，令江山壮美难言。但她那种对世事人情了如指掌的醒透和冷静，亦让胡兰成觉得惶恐不安。无论对待什么，她都不轻易用情。别人认为感动的，她不觉感动。别人要流泪的，她落不下泪来。她用情，竟是如此理性。所以，她总不会被莫名的情事，弄得遭灾落难。

　　尽管这样，又能如何？终究做不了局外人，终究为了他落魄成尘。情到深时，又岂是他人能阻？张爱玲愿意在白山黑水中，为他绽放，向死而生。如果有朝一日，他要薄寡，她亦会决绝转身，与之再无任何干系。

胡兰成一半满足，一半惶恐。他既知张爱玲愿为他赴汤蹈火，在所不辞，亦知她心性孤冷，不会盲从。所以，在一起的时候，总有千般滋味，难以言说。一日，二人在雨中同坐一辆黄包车。张爱玲坐在胡兰成身上，胡兰成觉得她生得那样高大，且穿着雨衣，他抱着她只觉得诸般不宜，但又是难忘的实感。或许这就是张爱玲给胡兰成的感觉吧，相守之时，总是诸般不适，却又实难忘怀。

和胡兰成在一起的日子，张爱玲怠慢了写作，她似乎很难再写出超越之前的作品。那时候，张爱玲正连载《连环套》，傅雷对这篇文章有了批判，他说："《连环套》逃不过刚下地就夭折的命运。"他觉得，除了男女之外，世界毕竟还辽阔得很。

而胡兰成亦觉得，张爱玲的才情将要歇息一段时日。"她对于人生的初恋将有一天成为过去，那时候将有一种难以排遣的怅然自失，而她的才华将枯萎。"枯萎是不至于的，但是一个人生了执念，尝了烟火，定是不能那般秋水长天了。再说纵是枯萎又何妨？江山更替，人事无常，谁可以在浩荡风烟中一如既往？

这些于张爱玲而言都是无惧的。乱世里，所有触摸到的，遥远的，皆是过眼浮云。胡兰成是有预感的，他知所处的时局飘摇不定，有朝一日，夫妻亦要大限来时各自飞。但他说："我必定逃得过，唯头两年里要改姓换名，将来与你虽隔了银河亦必定我得见。"张爱玲道："那时你变姓名，可叫张牵，又或叫张招，天涯地角有我在牵你招你。"

他果真要走，婚后不过几月，便要行走天涯。1944年11月10日，汪精卫病死，胡兰成受日本人池田的邀请，与沈启无、关永吉等人到汉口接收《大楚报》。此番前去，并非是因为单纯的文艺新闻，而是期待在日军势力扶植下有另一番大的作为。人总是与时代并行，胡兰成何曾甘于寂寞？

那些男的废了耕，女的废了织的日子去了哪里？那些桐花万里路，连朝语不息的恩情去了哪里？他终不能过岁月静好的生活，那颗向往腾飞的心不曾泯灭。他要走，她自是不会留的，连一句柔软的话也说不出。

打点行装，握紧那张船票，穿上她最爱的旗袍，与他从昏黄的里弄走过，迷离烟雨漫过心头。自此君去，后会何期？她知，无尽的时光很容易改变一个人。她不会要他许下承诺，因为任何承诺都抵不过瞬间的相守。但隔了迢迢银汉，她终究惶惶不得安枕。

情深不寿

烟火绽放，绚丽无比，只是再璀璨的风景也只是惊鸿刹那。那些存在过的美丽，被定格在岁月的相册里，落上一点尘埃，并不影响我们去怀旧。

到底是春风不知心事，流年在朝飞暮卷中走过，没有给任何人留下交代。她很安静，不愿开口询问为什么。而他的信誓旦旦，在须臾之间化作浮灰。只为一场遥不可及的仕途梦便俯首称臣，决绝忘记昨日盟订鸳侣时的万种柔情。

胡兰成渡船来到武汉，《大楚报》的社址在汉口，胡兰成此去被安排在汉阳县立医院暂住。汉阳县立医院与大楚报社之间，仅是汉水一隔，胡兰成每天需过江去上班。听上去多么令人向往，渡江往返，云霞作衣，沙鸥为伴。虽然处身风云乱世，但江湖还是那个江湖。

胡兰成这一走，张爱玲难免心生寥落。以往小别去南京，她反觉得清净，可以拥有一个人的时光，伏案书写。而如今一别，山水迢遥，落木萧然，相见虽有期，只怕那人世偷改换。她本是不畏世间冰冷的，本是不惧薄情寡义的。奈何就生生怕了这个胡兰成，为他如此魂牵梦萦，又寂灭无声。

好在这段时间张爱玲亦不得空闲，她忙于《倾城之恋》的改编、上演。《倾城之恋》在上海兰心大戏院排练，张爱玲甚是关心。她亲自到场选演员，最后白流苏由名角罗兰饰演。看着自己笔下的女主角换上华装，添了灵魂，有了血肉，就好像把戏做了真。

张爱玲在《罗兰观感》里，第一段就是这么写的："罗兰排戏，我只看过一次，可是印象很深。第一幕白流苏应当穿一件寒素的蓝布罩袍，罗兰那天恰巧就穿了这么一件，怯怯的身材，红削的腮颊，眉梢高吊，幽咽的眼，微风振箫样的声音，完全是流苏，使我吃惊，而且想：当初写《倾城之恋》，其实还可以写得这样一点的……"

"我希望《倾城之恋》的观众不拿它当个遥远的传奇，它是你贴身的人与事。"这句话也印证了这出戏的成功。《倾城之恋》在上海新光大戏院举行首场公演，门票销售一空。那是个寒冷的冬夜，可丝毫没有影响观众的热情。电影导演桑弧观看了首演后，决意要与张爱玲进行合作。

这部《倾城之恋》轰动了整个上海滩。当时许多名人，对这部戏都是赞不绝口。而张爱玲的名字，再次成为上海传奇。烟火绽放，绚丽无比，只是再璀璨的风景也只是惊鸿刹那。这世间没有不会凋落的花，没有不会老去的树，张爱玲的创作也会抵达一个极致的巅峰。之后，那些飘飞的落英，纷扬的残雪，足够我们用一生的时光去品味。那些存在过的美丽，被定格在岁月的相册里，落上一点尘埃，并不影响我们去怀旧。

《倾城之恋》的结局有这么一句话："谁知道呢，也许就因为要成全她，一个大都市倾覆了。成千上万的人死去，成千上万的人痛苦着，跟着是惊天动地的大改革……"事实上，张爱玲比谁都清醒，她明白荣枯有定，盛衰有时。她后来再也没能超越这时的辉煌，又或者，她骄傲地知道，人生需要适可而止，事业、生活，还有感情。

文字固然是张爱玲生命中不可缺少的美丽，但她想念的还是那些读书喝茶，废了耕织的日子。尽管她不是那种依靠爱情喂养的女子，可是那个穷尽人海等到的人，她终想要好好珍惜。但那个每日往返于汉水，浸泡在硝烟中的胡兰成，又给自己的人生，做了怎样的安排？

初到武汉的胡兰成，当是全心全意爱着张爱玲的。一个远行游子，泛舟行吟，前程未卜，那时候他的心应该柔软无比。更何况他身处的是一个时常有空袭警报的时期。据说有一天，胡兰成在路上遇到了轰炸，人群一片慌乱，他跪倒在铁轨上，以为自己就要被炸死了。绝望之中，他喊出两个字：爱玲！想来这时的张爱玲，是胡兰成生命里所有的寄托。

可胡兰成的情感世界，何曾有过倦意，有过消停？他不是那种守着一段情缘，一寸风景，甘愿偏安一隅的男人。他乐意挟妓啸游，不畏跋涉，随兴山河。尤其此时的他，在这座陌生的城，尽管远在千里之外的张爱玲从未间断过给他鱼雁传书。可是那几张薄薄的、没有温度的信笺，如何可以慰藉他的相思？如何能够打发他无边的寂寞？

胡兰成寄住的汉阳县立医院，与几个女护士为邻，而这些女护士有好几个正值如花年华，天真纯洁。生性多情的胡兰成，每天看着这些含苞待放的蓓蕾，怎禁得起诱惑？所以，他一下班，就去找那些小护士，与她们谈天说地。胡兰成的魅力自是不可言说，连绝代风华的张爱玲都为之俯落为尘，长醉不醒。这些柳岸桃枝，只怕无须过多笼络，便唾手可得了。

这几个女护士中有一个叫周训德的，聪明调皮，很有志气，令胡兰成格外注目。胡兰成说她："虽穿一件布衣，亦洗得比别人的洁白，烧一碗菜，亦捧来时端端正正。"然而，就是这份洁白与端正，让她付出了疼痛的代价。认识胡兰成，是她的不幸，是她人生一场不可避免的噩梦。如果说记忆也曾给了她一段美丽，那就是这个男子让她从画柳春晓，转身就步入了秋色黄昏。

起先在一起，胡兰成还一本正经地教小周读唐诗宋词，谁知他背后藏了怎样的打算！本是如花少女，清婉素颜，暗怀心事，他胡兰成不会不知。读了这些风月辞章，她更是心旌摇荡。小周为人热心，除了帮胡兰成洗衣煮茶，还经常为他抄写文章。日子久了，两个人形影不离，携手静好。

　　这小周是良家女子，家境贫苦，父亲病死，母亲是妾，家中还有弟妹。这一切，造成了小周的弱点，就是她比寻常人更需要温情与宠爱。胡兰成趁机大献殷勤，一起背诗填词，去江边漫步。没过几天，就直接表达心中爱意。小周原是怕的，她畏惧人言。她知胡兰成大自己足足二十二岁，且他这年龄家中必定早有妻室。母亲是妾，对她来说，一直是个阴影，她不想步母亲的后尘，再落为人妾。

　　种种缘由，令她心生惶恐。奈何眼前的男人对她甜言蜜语，百般恩宠。一个情窦初开的少女，终究还是抵不住这般柔情诱惑。辗转几日，小周给胡兰成送去了一张照片。胡兰成让小周在后面题字，作为纪念。小周写下了一首他教的诗："春江水沉沉，上有双竹林。竹叶坏水色，郎亦坏人心。"

　　小周就这样轻易落入了他设下的情局，陷进了他编织的情网。短短几个晨昏，二人双双坠落爱河，堂而皇之地居住在了一起，过起了男欢女爱的日子。此时的周训德也不怕流言蜚语了，她愿为这男人长发绾髻，绽放春光。而胡兰成也全然忘记了上海滩那位痴情才女，他甚至觉得这场阡陌逢春对她来说，或许不至于造成多大伤害。

　　东风恶，欢情薄。这胡兰成也算是坦白之人，他写信告知张爱玲，在汉口结识护士小周。想来他必定不会傻到把和小周肌肤相亲的事说出来，也只是浅淡描述几笔，好为将来东窗事发找好说辞。而张爱玲权当没这回事，她甚至淡淡回了句："我是最妒忌的女人，但是当然高兴你在那里生活不太枯寂。"

是张爱玲过于自信，还是她深知缘起缘灭，不是人力所能把握的？她认为，年近四十的胡兰成，能和一个刚满十六岁的如花少女发生什么事？无非是一份欣赏和怜惜罢了。再则她知道，一个背井离乡的男子有许多寂寞需要排解，有一个可以说话的朋友，也未尝不是一件好事。

这些都是我们的猜测，写过诸多爱情故事的张爱玲不会不知道，男人和女人之间，除了情爱，真的别无他事了。看似洒脱从容的她，只能把感情颠簸当作一种寻常。人心叵测，朝暮无常，她能如何？

胡兰成自然也不隐瞒小周，他告知在上海还有一个太太。这一切，本在小周的预料之中，听后不过洒下几行伤心泪，胡兰成几句哄劝的话，就把她的愁闷弄得烟消云散了。她本是良善女子，在她眼里，胡兰成也算是个人物，有他这样的呵护，已是感动了。就连胡兰成素日里给她的一些钱物，她都拒绝。她只当自己托付的是个仁人君子，又如何知道，胡兰成那么多的风流情史？如何知道，她不过是他顺手攀折的一枝小桃花？

情到深处无怨尤。小周如是，张爱玲亦如是。小周为了这份恬淡醉人的幸福，痴心不已。远在上海的张爱玲，只影孤灯，相思成疾。在这个未逢来者，不见归人的日子里，她低眉写下：听到一些事，明明不相干的，也会在心中拐好几个弯想到你。

曾经沧海

她心里是妒忌的，只是她做不到痛哭流涕。她就是这样的女子，不轻言别离，一旦转身，就再不会回头。

他那里是两个人的良辰美景，她这里是一个人的锦瑟流年。他那里姹紫嫣红皆开遍，她这边江雪独钓奈何天。爱情就是如此，来的时候，桃花灼灼，走的时候，落梅纷纷。刹那转身之时，谁还记得那曾经沧海？

当初张爱玲写《红玫瑰与白玫瑰》，就知道爱情是怎么一回事。此时的周训德，是胡兰成的床前明月光，心口的朱砂痣；而张爱玲则是墙上的蚊子血，衣襟上的饭粒渣子。这又如何？人来世上本就是为了赴一场又一场的情缘，谁的人生没有忧患，没有残缺？这些道理都懂，只是遭遇之时，又如何可以做到不动如山？叹一声浮生长恨，因果往复，把今世过尽便好。

1945年，这个春节胡兰成没有回上海，而是在武汉度过的。他写信告知张爱玲，有事务忙，脱不了身，并且不忘添上几句相思之语。其实他心底比谁都清楚，他舍不得眼前的新欢。

除夕烟火，璀璨至极。明朗的月下，人们忘记生逢乱世，在欢笑声中歌舞太平年岁。那时的上海滩，定是风情妖娆的。而张爱玲对胡兰成的变心一无所知，但她心里明白，那些长相厮守的日子真的好遥远。她在上海的公寓，和姑姑围着壁炉，喝红茶，吃点心，倒也安宁。但心中那份烂漫而微涩的情感，总会隐隐作痛。

这一处，郎情妾意，鸳鸯双宿。胡兰成携着小周去了汉口的集市，置办年画，特意买了一张和合二仙，挂于胡兰成居住的房中。和合二仙为民间传说之神，主婚姻和合，故亦作"和合二圣"。画轴之上两个活泼可爱、长发披肩的孩童，一个手持荷花，另一个手捧圆盒。民间婚礼之日必挂悬于花烛洞房之中，以图吉利。

这个除夕之夜，宛若胡兰成和小周的新婚之夜，无限浓情蜜意。然而彼此欢愉过后，又感到淡淡的凄凉。小周知道，自己不能这样没名没分地和胡兰成过一生，眼前的幸福是一场随时可能醒来的梦。待离别的那一天，她又该何去何从？胡兰成虽然习惯了恣意放情，但心中亦有惭愧，他自知时事风雨飘摇，而自己在这里不会长久。小周如花之龄便委身于他，他年诀别，又该如何交代？

果真是要别离了。三月，胡兰成要去上海一次，虽说只是小别，胡兰成还要回武汉，但这毕竟是他们相处在一起的第一次离别，难免惆怅。再说萍水之缘，如风中飞絮，何曾敢去想那永远？说不出的话终究要说，胡兰成自是山盟海誓一番，只说事情办好，便会返回。

离开的那一天，胡兰成和小周去了江边漫步，心中凝聚万千感慨，难以言说。时光好像比往常要快了许多，转眼就日落西山。而小周亦强忍悲伤，淡淡微笑："回去该看看张小姐了，你此去不必再来的。待你走后，我自是要嫁人的。"虽是有意如是说，话音刚落，已痛彻心扉。

抵达上海的胡兰成，迫不及待地去了张爱玲的公寓，这对久别重逢的夫妻，恩爱如初。心高气傲的张爱玲，兵荒马乱之时都不恐惧，可一遇到这男子，便瞬间为之倾城，为之烟火。胡兰成是个多情男子，他是个只看眼前人的薄幸之人。一见了张爱玲，他脑中浮现的都是他们过往的幸福时光。而小周就这么一个转身，成了旧人。

此时的张爱玲和小周，就这样交换了角色。她毕竟是张爱玲，胡兰成见了她，不由自主地被她的气场压倒。这个女子，凭素手就可以击败他所有的武器。她的那种无以言说的惊艳，至今依旧让他意乱情迷。但可惜的是，她的魅力是和他在一起的时候生效，一旦离别，这个男人就按捺不住寂寞，就会去寻找别的女人，寻找另一种他需要的快乐。

张爱玲是感觉到了的，他也没打算隐瞒，只是漫不经心地提起小周。

张爱玲本不想问，但她还是问了，她问小周小姐什么样。胡兰成心中难免慌乱，他回答的声音很低，几乎悄然，很小心戒备。举不出什么特别，只说了句："一件蓝布长衫穿在她身上也非常干净相。"她笑："头发烫了没有？"他答："没烫，不过有点……朝里弯。"说完，很费劲地比画了一下。

张爱玲不问了，她心中已经明白，胡兰成和那个叫小周的女孩，定然有了故事。但是故事的情节究竟发展到如何，她不愿去想许多。她知道，像胡兰成这样倜傥的男子，这一路发生了太多这样的小故事。只要无伤大雅，她甚至可以忽略不计。然而，她心里是妒忌的，只是她做不到痛哭流涕。她就是这样的女子，不轻言别离，一旦转身，就再不会回头。

胡兰成就是被这些好女人给宠坏了，所以，他才会这样一次又一次肆无忌惮地辜负她们。错到不能回头，他还会以为自己很无辜。在上海待了月余，胡兰成依旧对张爱玲呵护备至。在一起时绝口不提小周，好像小周已经从他的世界淡出。或许这就是胡兰成一贯的作为，可怜那些女子，总还以为自己在他心里真的是那么重要。

上海的三月，正是柳絮纷飞。张爱玲着一袭花色旗袍，行走于街头，柳絮纷落在她的发际。而胡兰成则在她身边，为她温柔地捉柳絮。这幅画想来真是美妙无比，那般恩爱，一如从前。胡兰成是诸多女子的夫君，却只是张爱玲唯一的男人。但这个男人，已经习惯了不去珍惜，又或者说，他的世界没有"珍惜"这两个字。

这期间，胡兰成送侄女青芸回杭州结婚。青芸这些年一直伺候胡兰成的生活，如今嫁了老家胡村附近的一个木材商人，也算有了个依靠。但青芸婚后还是继续回胡兰成上海那个家打理。而她的老公则为胡兰成做些琐碎的事。

　　时光终是不肯让步，胡兰成和张爱玲如此恩爱月余，又要匆匆离散。此次离别，对张爱玲来说，是一种剜了心的空芜，因为她知道，在武汉还有一个花样女孩子在等着他。她甚至不敢相信，他们之间是真的有了什么。

　　她甚至欺骗自己，胡兰成和小周不过是寂寞时玩的一场游戏。等到游戏结束，一切又如初了。毕竟他们之间有过婚书，有过岁月静好，现世安稳的约定，有过同住同修，同缘同相，同见同知的情深。

　　而胡兰成不这样想，他记得快，忘得也快。他渴望携手伴华年，亦向往放逐觅知己。他要的不是指点江山的豪气，而是交杯换盏的柔情。五月，胡兰成背着行囊匆匆回到武汉，汉口的万家炊烟令他有种回到家的亲切。渡汉水，回医院。他的心里，想的只有小周，那个在家中默默等他的小小妻。

　　胡兰成和小周在这里度过了最后几个月，世道纷乱，他们把每一天当作一年来度过。小周也不再计较名分，只想着，在一起一日便是一日。胡兰成自知时局越发地不稳，他亦不想再过多地牵累小周。彼此相守，虽是

纵浪风云，亦愿世事安谐。婚后，二人在一起，"照花前后镜，花面交相映："就那样同住同修，同缘同相，同见同知。

胡兰成喜与张爱玲读书探讨，在张爱玲那里，寻常都可以石破天惊，惊绝四海。前人说夫妇如调琴瑟，胡兰成是从张爱玲那儿才得调弦正柱。

张爱玲要走，胡兰成送她到弄堂口，并肩而行，彼此内心恍惚。胡兰成不经意说了一句话：："你的身材这样高，这怎么可以？"只这么一句，把两个人说得这样近。张爱玲诧异，甚至有些不喜欢。他们心底却又真的觉得那么好。是的，那么好。只一句这样的话，他愿为港，护她周全。而她愿成舟，为他搁浅。

情深意长，却终日惶恐不安。

胡兰成在《今生今世》里有过这样一段描写："忽一日，两人正在房里，飞机就在相距不过千步的凤凰山上俯冲下来，用机关枪扫射，掠过医院屋顶，向江面而去。我与训德避到后间厨房里，望着房门口阶沿，好像乱兵杀人或洪水大至，又一阵机关枪响，飞机的翅膀险不把屋顶都带翻了，说时迟，那时快，训德将我又一把拖进灶间堆柴处，以身翼蔽我……"

张爱玲说得对，乱世里的人，得过且过。何况像胡兰成这样的身份，他的不清白，终究要被历史批判。到底还是支撑不住，胡兰成有预感，离大限不远。

8月15日，日本无条件投降，他穷途末路了。胡兰成怂恿二十九军军长邹平凡宣布武汉独立。可山河已定，任谁也不能力挽狂澜，他这一次政治投机，十三天后以失败告终。

胡兰成此时如丧家之犬，山水穷尽，再无退路。为保全性命，他只有逃跑。倘若他当初来武汉，没有和小周发生这段孽缘，孤身来去，倒也罢了。可如今，面对这个为他无悔付出的少女，他情何以堪？

胡兰成走前对小周说："我不带你走，是不愿你陪我也受苦，此去我要改姓换名，我与你相约，我必志气如平时，你也要当心身体，不可哭坏了。你的笑非常美，要为我保持，到将来再见时，你仍像今天的美目流盼……"

不错，临走之前，胡兰成给小周留了一些钱物和金饰，够她一段时日的花费了，也留下了一些情真意切，令天地为之动容的蜜语甜言。但这些能弥补什么？可以弥补这个无辜少女日后的凄凉吗？

走的那一天，她忍泪含笑，艳得惊心动魄。而他心里却无比安静，已无凄凉，亦无安慰的话。渡汉水，胡兰成开始他的天涯逃亡。再相逢，已不知，是何处人家。胭脂泪，留人醉，几时重，自是人生长恨水长东……

独自萎谢

昨日那场倾城之恋，葬于滔滔江浪中，连同她的深情、她的天真。

初秋时节，天如水色，蒹葭苍苍。那些渔笛沧浪、弄月放歌的日子，早已远去。浮生若梦，人心亦不复过往。船行长江，仰见飞云过天，沙鸥阵阵。千百年来，风云起落，多少历史沉没江底，销声匿迹。

逃亡中的胡兰成似乎并不悔恨，他说："我不过是一败。天地之间有成有败，长江之水送行舟，从来送胜者亦送败者。胜者的欢哗果然如流水洋洋，而败者的谦逊亦使江山皆静。"这样一个自负亦丢失良知的人，不懂得迷途知返，反倒觉得天涯逃命，成了一件风光的事。原本只是为了仕途，走上了一条错误的路，可如今，他倒生生把假做了真。

他终究是狼狈的，靠日本人的掩护东躲西藏。日本军中的人劝他逃亡日本，胡兰成决意不去。他深知，以当下的时局，就算去了日本，也不能一劳永逸。倒不如找个乡野桃源，隐姓埋名躲上一阵，等风声过去，再另做打算。这个男人，似乎在任何时候都可以做到冷静，任世间烟云倾盖，他自昼夜长宁。

这期间，他悄悄给张爱玲写了一封信，告知自己的行踪，报个平安。张爱玲深知他的处境危难，见信后惊喜万分，略宽心肠。九月，胡兰成抵达南京。没几日，他又从南京乘火车到上海，这也给了他和张爱玲话别的机会。胡兰成心里明白，风雨到来之时，他需要像张爱玲这样的女人陪在身边。张爱玲有着贵族身世，且洞察世事，是个有气场的女子。所以，她无须给他任何实际的支持，看过，便有种说不出的心安。

在爱丁顿公寓的居所里，胡兰成提到去日本的事。张爱玲听了，只说起曾外祖父李鸿章的一件往事。李鸿章曾代表清廷与日本签订《马关条约》，为此深感耻辱，发誓"终身不复履日地"。后来他赴俄罗斯签订中俄条约，要在日本换船，日本方面早在岸上准备好了住处，可他拒绝上岸。这事看似与胡兰成毫不相干，但胡兰成知道张爱玲的用意，实则劝他不要将自己逼上更深的绝境。胡兰成听后，只是不语。

这一夜，张爱玲辗转难眠。往日在这里存留的恩情，一一浮过眼前。曾经那么相爱的两个人，如今却觉得好遥远，好陌生。抗战胜利，对张爱玲来说原本是欢喜的，这是作为一个中国人该有的良知。可看着眼前这个男子，她怎么也笑不起来，她认为自己没有资格笑。他们这份千丝万缕的情缘，注定她要与他一起承担荣辱。她的人生，因为这个男人而不清白。但她没有后悔，只是他的薄幸，实在令人心寒。

第二天，胡兰成决定由侄女青芸的丈夫沈凤林陪伴，先去浙江躲避。胡兰成离开上海仅十天，重庆"国民政府"就公布并实施了《处置汉奸条例草案》，随即"汪伪政府"的大小汉奸被抓起来的有一万多名。在当局公布的汉奸名单上，胡兰成榜上有名。

逃亡路上，胡兰成看到写有自己名字的名单，如同惊弓之鸟。随后，他流转杭州、绍兴，再到诸暨，住斯颂德家。这位斯颂德与胡兰成同年，在中学读书时，比胡兰成高两届，后进光华大学读中文系。再后来，不慎染病而死。十几年前，胡兰成来斯家住过一段时间，所以，斯颂德的母亲斯伯母待他如同子侄。斯家还有个庶母，范秀美，大胡兰成两岁，曾经与斯家老爷生有一女。胡兰成称她为范先生。

然而就是这个范先生，令逃亡在外寂寞难耐的胡兰成又动了爱慕之心。他在《今生今世》里这么写道："我与她很少交言，但她也留意到我在客房里，待客之礼可有哪些不周全。有时我见她去畈里回来，在灶间隔壁的起坐间，移过一把小竹椅坐一回，粗布短衫长裤，那样沉静，竟是一种风流。我什么思想都不起，只是分明觉得有她这个人。"他的风流情事，真是令看客眼花缭乱。

就这样在诸暨躲藏了几个月，终因浙江查汉奸严紧，胡兰成决定去金华暂避。这次陪同他上路的，就是范先生。可到了金华，又险些撞到国民党特工"蓝衣社"的手中。后在范秀美的提议下，两人匆匆逃往温州范家故居。

逃亡的路上，胡兰成见溪山乡民与行路之人对他们无嫌猜，心中的恐慌顿减，不禁和范秀美欣赏起这江南初冬之景了。日色风影，溪水声喧，胡兰成又开始对眼前这个女人讲述他的漫长情史了。"两人每下车走一段路时，我就把我小时的事，及大起来走四方，与玉凤爱玲小周的事，一桩一桩说与范先生听，而我的身世亦正好比眼前的迢迢天涯，长亭短亭无际极。"

送郎送到一里亭，一里亭上说私情。范秀美这一送，便送成了以身相许。"12月8日到丽水，我们遂结为夫妇之好。这在我是因感激，男女感激，至终是唯有以身相许。"多么冠冕堂皇的话，他的背叛，成了感激。世间竟有如此男子，对自己卖国毫无愧悔，辜负无数佳人，亦觉理所应当。他和范秀美欢笑之时，忘记了许过山盟要同修同住的张爱玲，忘记了立过海誓的周训德。

可他在《今生今世》中，对自己和范秀美的这段姻缘，做了如此让人啼笑皆非的解答："我在忧患惊险中，与秀美结为夫妇，不是没有利用之意，要利用人，可见我不老实。但我每利用人，必定弄假成真，一分情还他两分，忠实与机智为一，要说这是我的不纯，我亦难辩。"

来到温州，胡兰成化名张嘉仪。当初张爱玲说过："那时你变姓名，可叫张牵，又或叫张招，天涯地角有我在牵你招你。"如今胡兰成果然变了姓名，只是不叫张牵，亦不叫张招。可张爱玲还是遵循诺言，一路风尘，千里迢迢来到了温州，只为见这薄幸男子一面。她的突如其来，令胡兰成措手不及。胡兰成说他与张爱玲何时都像天上人间，如今他不愿爱玲看到他落魄乡野的狼狈模样。相见之时，他不但不惊喜，反而生怒："你来做什么？还不快回去！"

"我从诸暨丽水来，路上想着这里是你走过的。及在船上望得见温州城了，想你就在那里，这温州城就像含有宝珠在放光。"这是张爱玲说的话，情真至此，令人心痛难当。而胡兰成受尽红粉佳人之恩，他不报恩也就罢了，还几次三番狠心伤害。

张爱玲住在公园旁一家旅馆，胡兰成白天去陪她，夜里怕警察查夜。张爱玲此时还不知道胡兰成与范秀美的事，与胡兰成守在宾馆的房舍里，虽有了生疏之感，但温存依旧。"有时两人并枕躺在床上说话，两人脸凑脸四目相视，她眼睛里都是笑，面庞像大朵牡丹花开得满满的，一点没有保留，我凡与她在一起，总觉得日子长长的。"

胡兰成不知道，以张爱玲的细腻灵敏的心思，不会觉察不出他和范秀美那份别样的关系。那日，三人在一起，张爱玲夸范秀美生得美丽，要为她作画。胡兰成立在一边，看她勾了脸庞，画出眉眼鼻子，正要画嘴角，张爱玲忽然停笔不画了。范秀美走后，胡兰成一再追问，张爱玲悲伤地说："我画着画着，只觉她的眉眼神情，她的嘴，越来越像你，心里好一惊动，一阵难受，就再也画不下去了，你还只管问我为何不画下去！"

张爱玲望着眼前这个负心的男人，只觉得可惜。一直压抑着情感，一直用沉默来忍受他的背叛。这一次，张爱玲要胡兰成交代清楚。曲折的幽巷里，张爱玲要胡兰成在小周和她之间做出选择。胡兰成只说："我待你，天上地上，无有得比较，若选择，不但于你是委屈，亦对不起小周……"

张爱玲明白，这个男人是注定给不起她答案的。她做了第一次，也是唯一一次责问："你与我结婚时，婚帖上写现世安稳，你不给我安稳？"胡兰成只道景荒凉，明日之事不可以预测，他无意做出任何解释。

再无任何留下来的理由，次日，张爱玲收拾她简单的行囊，带着那颗千疮百孔的心，离开了温州。二月春寒，烟雨迷蒙，胡兰成送她上船，彼此竟连悲哀都不敢有了。张爱玲走时留了一句话："你是到底不肯。我想过，我倘使不得不离开你，亦不致寻短见，亦不能再爱别人，我将只是萎谢了。"

昨日那场倾城之恋，葬于滔滔江浪中，连同她的深情、她的天真。只是这样一个男人，值得张爱玲为之萎谢吗？天地寂寥，古渡怆然，远处不知谁在哀唱："过往的君子听我言，听我言……"曲终人散，世上自然平静。

后会无期

张爱玲犹记那日料峭烟雨，只是那个执手风雨的人，已变得模糊不清。这个不肯人前落泪的女子，终究还是为爱啼哭了。

　　光阴一意孤行，从来都是如此，不为任何人低眉回首。原以为张爱玲如光阴这般清醒决绝，可她还是中了爱情的利箭，流血不止。她为这个叫胡兰成的男子低落尘埃里，又在尘埃里开出花来。可惜，这朵花开在错误的时间，注定结不了美丽的果。

　　曾经的死生契阔，成了流水落花。有些路，人生注定只走一遭；有些人，今生注定只爱一次。带着一身伤痕回到上海，张爱玲犹记那日料峭烟雨，只是那个执手风雨的人，已变得模糊不清。她给胡兰成写了信："那天船将开时，你回岸上去了。我一人雨中撑伞在船舷边，对着滔滔黄浪，伫立涕泣久之。"这个不肯人前落泪的女子，终究还是为爱啼哭了。

良辰若水，她的心已是迟暮，再开不出花朵。而他依旧随缘喜乐，和别的女子在月亮底下携手同走，感受在一起的真实，真实到甚至不可以说盟誓。然而胡兰成毕竟是在逃亡，他的日子，有佳人相伴，忧患亦相随。

1946年4月，一日有兵到范秀美所住的门前张望一回，胡兰成知此处不可再躲避。只得从温州再奔诸暨，当晚下船离开。回到斯家，胡兰成和范秀美便不能再那般毫无顾虑地在一起了。他和范秀美的事，斯伯母心里也明白，只是不点破。偏巧范秀美怀孕了，在这里生下孩子当然不能，胡兰成只好借故让她独自去上海就医。

范秀美抵达上海，直接找到青芸。青芸看罢胡兰成写的字条，便安排她住了旅馆，随即又带她去医院，结果需要一百元手术费。范秀美无奈取出了胡兰成写给张爱玲的字条。青芸将范秀美带到了爱丁顿公寓，张爱玲看到字条，无言以说。她转身回屋，取了一只金镯子，递给青芸："当掉吧，给范先生做手术。"

张爱玲对胡兰成真是仁至义尽，离开的这几月，她将自己的稿费都寄给胡兰成。如今连范秀美的手术费，胡兰成居然也开得了口。张爱玲心已成灰，对他所给的伤害也算是习以为常了。她对这男人再也没有任何奢望。那个情海浪子，下一站又将抵达何方，她无从知晓，亦不想知晓。

胡兰成倒是躲在斯家楼上，开始写他那本《武汉记》。流年匆匆，转眼就过了八个月。胡兰成的《武汉记》已写了五十万字，而他知道，一直躲在斯家楼上，亦不是长久之计。想来温州检查户口也该过去了，于是决定再去温州。他从诸暨出发，取道上海，这一次，范秀美没有同行。

爱丁顿公寓里，张爱玲看着离别近一载的胡兰成，已如隔世。是夜，二人并膝坐于灯下，再无往日的情深意厚。看着窗外路灯下匆匆的归人，张爱玲想着这无数个夜，她开着灯，他却没有回。如今回了，他却已不是她要等的那个人。胡兰成告知张爱玲他和范秀美的一切事实，她听了已经说不出话。再问她可曾看了《武汉记》，她淡淡一答："看不下去了。"

不是她心冷，而是已然成灰。胡兰成有一种紧迫感，他觉得他与张爱玲是两个亲密无间的人，在这样适当的环境，却没有了适当的感情。然他的诸多亏欠与背叛，如何还能去要她的宽待？张爱玲唯愿上苍可以让她渡过这时间之海，忘记爱恨，从此不喜不惧。

这一夜，张爱玲与胡兰成分房就寝。翌日天还未亮，胡兰成去了张爱玲的卧房，在床前俯下身去亲她，她从被窝里伸手抱住他，忽然泪流满面，只叫得一声"兰成！"如此绝望的一声，怕是连张爱玲自己都震撼了。胡兰成在《今生今世》里说："这是人生的掷地亦作金石声。我心里震动，但仍不去想别的。"是他不去想，还是他不敢想，抑或是他早已习惯了自己的漫不经心，别人的天崩地裂。

胡兰成是心虚的，尽管他这一生被女子恩宠惯了，但他亦怕失去。他和张爱玲都不知道，此次一别，今生将再也不会相见。这段倾城之恋，就这样无声无息地告终，城没有倾倒，城内的每个人都安然无恙。到了晌午，胡兰成从外滩上船去了温州。他说得对，长江之水送行舟，从来送胜者亦送败者，送英雄亦送草寇。

不愧是胡兰成，回到温州后，他设法结识了名耆刘景晨，在这里安全了。这位刘先生又介绍胡兰成进温州中学教书，他算是彻底躲过雷霆之劫了。胡兰成依旧野心萌动，想着他日还是要去闯荡万千世界的，经过这一劫，过往的一切荡然无存。他需要重新结识新人，又写信给一代鸿儒梁漱溟，与他交流学问。

这期间，他开始了《山河岁月》的书写。而这本书是张爱玲给他的灵感。写到许多句子，他觉得竟像是张爱玲之笔。他甚至迫不及待地写信告诉张爱玲关于《山河岁月》这本书，告诉她如今他在温州已经脱离险境，开始了阳光如水、润物清净的新生活。

1947年6月10日，胡兰成收到了张爱玲的信。他拆开只看了一句，便觉晴天一声霹雳，但他还是沉静地看完了。张爱玲是这么写的："我已经不喜欢你了。你是早已不喜欢我了的。这次的决心，我是经过一年半的长时间考虑的，彼时唯以小吉故，不欲增加你的困难。你不要来寻我，即或写信来，我亦是不看的了。"

信里说的小吉，是小劫的隐语。张爱玲真是对胡兰成慈悲，只待他灾难退了，安定下来，才来与他决绝。信里张爱玲还附了三十万元给胡兰成。这是她新近写的电影剧本，一部《不了情》、一部《太太万岁》所得的稿酬，全部给了胡兰成。胡兰成这几年逃亡，张爱玲从不间断地给他寄钱，这一次，是最多的一次，也该是最后一次了。

胡兰成看罢信，并不惊悔，他只觉张爱玲的决绝亦是好的。他知道，她已是真的不能忍受了，才会如此不留余地。过了些日子，胡兰成自知不能再写信给张爱玲，便写了一封信给她的好友炎樱。信里说："爱玲是美貌佳人红灯坐，而你如映在她窗纸上的梅花，我今唯托梅花以陈辞。佛经里有阿修罗，采四天下花，于海酿酒不成，我有时亦如此惊怅自失……"

炎樱没有回信，张爱玲下定决心的事，从不更改。这段乱世情缘，在她的生命里彻底终止。而这个叫胡兰成的男人，再也不能于她的心湖泛起一丝波澜，再也不能。此后尽管她和胡兰成还有些欲断未断的交往，但与这个男人有关的所有记忆，她已彻底删除。

胡兰成依旧不改性情，在辗转流离中，过着安然自在的日子。他先后去了北京、日本，没几年，又跟上海大流氓吴四宝的遗孀佘爱珍结婚。之前的那些孽缘情债，就那样没有交代，一笔勾销。张爱玲与之决绝是做对了，这样的男人实在不值得她再有丝毫的付出。

胡兰成还去过爱丁顿公寓找张爱玲，那时已是人去楼空。后来胡兰成得到张爱玲在美国的地址，他将出版的《山河岁月》和《今生今世》寄了过去，附带一封长信，不尽缠绵之语。然而这已是他一厢情愿的做法了，张爱玲对他，甚至连厌倦的心都没了。

怕他再来打扰，张爱玲寄去了一张短笺："兰成：你的信和书都收到了，非常感谢。我不想写信，请你原谅。我因为实在无法找到你的旧著作参考，所以冒失地向你借，如果使你误会，我是真的觉得抱歉。《今生今世》下卷出版的时候，你若是不感到不快，请寄一本给我。我在这里预先道谢，不另写信了。"

言尽于此，恩情皆断，再说什么，再做什么都是多余。想来，萎谢的不是张爱玲，而是他们的这段爱情。"爱玲是我的不是我的，也都一样，有她在世上就好。"胡兰成如是说。但转身之后的张爱玲，依旧优雅高贵地活着，活到白发苍颜，不为任何人，为的只是自己。

天涯此去隔山河，情天孽海两离索。道声珍重，后会无期。

第五卷

倾城后华丽转身

红尘擦肩

千百年来，世道皆是如此，成与败、喜和悲只隔了一道光阴的距离。

　　每个人的一生，都有那么一段或几段刻骨难忘的感情，有那么一个或几个携手风雨的人。有一天，流年也许会将这一切都冲淡，而我们拥有的只是自己。回到属于自己的那个岁月山河里，一个人继续徒步天涯，只是我们并不孤单。

　　当世界开始喧哗的时候，你所能做的，只是沉默。张爱玲总算是和负心背信的胡兰成诀别了，尽管那段倾城爱恋化作烟尘，但张爱玲的伤却需要一段漫长的时间来修复，甚至一生都无法彻底修复。她不在意这些，只当作人生的必然。

　　张爱玲曾说过："普通人的一生，再好些也是'桃花扇'，撞破了头，血溅到扇子上。就这上面略加点染成一枝桃花。"而胡兰成，就是溅在那柄扇子上的血，洇染了她的江山。

胡兰成这几年逃亡，尚且一直有美眷相伴，张爱玲却因为他，承受了无尽的压力。抗战胜利，民众压抑了许久的愤怒，顷刻间如决堤之水，汹涌暴发。他们要对卖国汉奸进行严厉的声讨，那时的报纸如雪片纷飞，报上对漏网汉奸进行点名，要求政府严惩不贷。张爱玲作为无耻汉奸胡兰成的妻子，被无数声浪谩骂。

到了政治问罪于她的时候了，没有人相信她是无辜的。往日张爱玲在上海滩的成就，现在成了无法抹去的污点。这个才情女子没有害人，她唯一的错就是爱错了人。民众的情绪需要宣泄，胡兰成逃跑，留下张爱玲在风口浪尖，独自承受万民的流言。

风华绝代的张爱玲，顿时身败名裂。面对这场骤然的变局，张爱玲只能搁笔沉默。很多人说，属于张爱玲的时代彻底地过去了。的确，一个再好的演员，换了一场不适合她的戏，她也注定做不了主角。

张子静说："抗战胜利后的一年间，我姊姊在上海文坛可说销声匿迹。以前常常向她约稿的刊物，有的关了门，有的怕沾惹文化汉奸的罪名，也不敢再向她约稿。她本来就不多话，关在家里自我沉潜，于她而言并非难以忍受。不过与胡兰成婚姻的不确定，可能是她那段时期最深沉的煎熬。"

张爱玲没有卖国，她如今只是为那场不合时宜的爱来承担所有的过错。历史的涛浪，会湮没一切，幸与不幸，快乐与不快乐，有一天都会戛然而止。时过境迁，张爱玲后来借《传奇》增订本出版的机会，在序言里第一次反驳了胡兰成给她招来的不良舆论。

"我自己从来没想到需要辩白。但是一年来常常被议论到，似乎被列为文化汉奸之一，自己也弄得莫名其妙。我所写的文章从未涉及政治，也没有拿过任何津贴……至于还有许多无稽的谩骂，甚而涉及我的私生活，可以辩驳之点本来非常多。而且即使有这种事实，也还牵涉不到我是否有汉奸嫌疑的问题，何况私人的事本来用不着向大众剖白……"胡兰成让张爱玲受了太多的委屈，以前她或许还会觉得难过，觉得不甘，如今连难过与不甘的情绪也没有了。这个男人，彻底地让她不屑。

命运给了张爱玲另一种交代，在《倾城之恋》公演后，她认识了生命里一个重要的贵人——导演桑弧。桑弧的出现，让张爱玲在暗夜里看到了一盏温馨明亮的灯。起先张爱玲对桑弧的邀请感到有些为难，虽然她之前的小说频频畅销，但是她从未接触过写电影剧本。不过张爱玲亦想让自己从泥淖里走出，重新寻找属于自己的那一米阳光。再则她手头一直拮据，她把跟桑弧合作的两部电影的稿酬都给了胡兰成。

张爱玲与桑弧合作的第一部电影是《不了情》，男主角刘琼、女主角陈燕燕都是当红明星，强大的阵容引起了轰动。沉默许久的张爱玲脸上泛起了历尽风霜的笑容。如此收获，让桑弧信心倍增，他又让张爱玲写了

《太太万岁》，这部电影的演员都是当时上海滩的红角。该片在上海的皇后、金城、金都、国际四大影院同时上演，连映两个星期，场场爆满。

沉寂一段时日的张爱玲，似乎又找到了那个适合自己修行的道场。只是历尽沧桑的她，不再像以往那样锋芒毕露。寂寞的文坛，有时候无法承受太多的掌声与喧哗。所以，当张爱玲这两部电影收获掌声和鲜花时，同样也惹来了批判与嘲讽。

千百年来，世道皆是如此，成与败、喜和悲只隔了一道光阴的距离。张爱玲似乎安静了许多，她明知那些读者喜欢她的浓烈，喜欢她的明艳与张扬，可是她疲倦的心需要休憩，需要宁静。

因为几部影片，张爱玲与电影界的朋友有了一些交往。在片子拍摄的过程中，导演桑弧免不了要常去张爱玲的住处，与她交流影片事宜。如此一来，两个人的来往也就密切了许多。桑弧为人忠厚，性格拘谨，他有才华，但不会对女人甜言蜜语。他的人品与良善，远胜过胡兰成，但他风流自是不够。

那时众人觉得桑弧和张爱玲是一对璧人，一个未婚，一个前缘已尽。桑弧是大导演，张爱玲是大作家，两个人若在一起，岂不是天作之合？有热心的朋友向张爱玲说媒，想把桑弧介绍给她。张爱玲听后，并不言语，只是一直摇头。她用沉默的方式拒绝了这段情缘，许多人都不能理解，她为何如此固执坚定。但张爱玲就这样与桑弧错过了，她理智地选择离开，是因为她知道，他们在一起，亦不会幸福。

很多人都想知道，桑弧究竟有没有爱过张爱玲，而张爱玲又是否爱过桑弧。这个像谜一样的话题，在张爱玲《小团圆》出版之后，似乎得到了认证。在《小团圆》中，九莉对燕山说："没有人会像我这样喜欢你的。"张爱玲在小说的最后又写道："但是燕山的事她从来没懊悔过，因为那时候幸亏有他。"

张爱玲是爱桑弧的，而桑弧亦是爱张爱玲的。只是他们相识的机缘不对，所以，他们的爱注定无果。张爱玲原本就是一个不轻易说爱的人，在还没有完全忘记胡兰成的时候，张爱玲不敢重新开始。她才对胡兰成说过"亦不能再爱别人，我将只是萎谢了"的话，又怎能在这么短的时间里，为桑弧轻盈绽放。在感情上，张爱玲虽然敢爱敢恨，但她亦有她的矜持，有她的尺度。

桑弧不是一个勇敢的人，比起胡兰成，他懦弱许多。他把对张爱玲的爱慕深藏于心底，在一起交往的时候，他谈到的也只是影片的话题，而那些与情爱相关的私事，谨慎细致的他不曾提起。朋友的提亲遭到拒绝，桑弧更不敢轻易触碰。他心里明白，张爱玲有伤，她尚未从那段情缘里彻底走出。他的出现只能缓解她的疼痛，却做不了那剂医治好她的良药。

"雨声潺潺，像住在溪边。宁愿天天下雨，以为你是因为下雨不来。"在《小团圆》里，九莉便是张爱玲的化身，这里的你，就是燕山。

"过三十岁生日那天，夜里在床上看见阳台上的月光，水泥栏干像倒塌了的石碑横卧在那里，浴在晚唐的蓝色的月光中。一千多年前的月光，但是在她三十年已经太多了，墓碑一样沉重地压在心上。"

张爱玲和桑弧的这段情缘，就这样无疾而终。似乎根本就没有开始，就那样过去了，过去了。但这段插曲，又真实地在张爱玲人生的书卷里留下了一笔。桑弧给予张爱玲的，应该是一生温暖的怀想。他没有伤害，只在她最寂寥之时，轻轻地来过，又淡淡地走了。

后来，桑弧娶了一个圈外女子，彼此相敬如宾。也许这样的生活更适合桑弧，以他的个性，禁不起感情的涛浪。而张爱玲注定不会是一个平凡的女子，她给不起桑弧寻常的烟火幸福。她内心的叛逆与孤冷，不是桑弧所能承受的。这朵尘埃里开出来的花，只适合在远处默默地欣赏。他没有采折的勇气，也缺乏采折的资格。

隔年，张爱玲从上海去了香港。之后，她和桑弧就再也没有见过。直到1995年，张爱玲去世，许多人都写文章怀念张爱玲，唯独桑弧一直保持沉默。也许由始至终，他对张爱玲的爱，都以沉默相待。

因为懂得，所以沉默。桑弧如同张爱玲在海上的一朵浪花，来去如风，转瞬就成了过眼浮云。锦瑟流年，两两相忘。

半生情缘

张爱玲的文字是一坛烈酒，品过的人都愿意痛饮，醉到七零八落，才肯罢休；又是一袭华丽妖娆的旗袍，看过的人都愿意做她裙裾下的草木。

人们说那些民国女子一生都不如意，命运悲苦的萧红，凄凉遗世的陆小曼，昙花一现的石评梅，黯然收场的苏青。还有许多我们知晓的以及不知晓的名字，她们似乎都不快乐，把花样年华清苦蹉跎。连同张爱玲，亦是如此。如果说芳华是一场赌注，那么她们都是愿赌服输的女子，在璀璨的花事里寂寥而终，不问因果。

有人说过，张爱玲是那种走在人群中，一眼就能辨认的女子。瘦高的身材，被旗袍裹紧的心事，有些孤傲，有些冷落，有些张扬，有些清凉。失去胡兰成，经受时代的变迁、民众的责备，以及错过桑弧这段若有若无的感情，张爱玲只觉人生更加地萧索了，红尘于她，无有太多滋味。

每一个夜晚，在寂寥孤灯下，陪伴她的，还是文字。而她信仰的，终究也只是文字。这些日子，张爱玲依旧和姑姑相守在一起，她们搬离了爱丁顿公寓，住进了重华新村二楼十一号两室一厅的房子。这期间，母亲黄逸梵又从国外回来一次。这个曾经风华灼灼的女子，经历几度沧桑，亦抵不过岁月的相摧。

父亲张廷重的生活也今非昔比。他和孙用蕃两个人照样离不开阿芙蓉，靠着变卖房产、典当东西维持那份巨大的开销。房子越住越小，最后落到在几十平米的小屋里栖身。当年那座豪宅，被天翻地覆的历史湮没，只留下一堆尘土供他们怀想了。

母亲此次归来，和张爱玲还有姑姑住在一起，三个苍凉女子，偎依取暖。只是黄逸梵在上海仅留了两年，又出国了。她早已不习惯上海这个纷乱的环境，她的灵魂在国外找到了清净的归宿，这次离开便再也没有回来。临走前，黄逸梵跟张爱玲有过一番长谈，她建议张爱玲离开上海，去香港。她认为上海的繁芜不适合张爱玲写作。

母亲走了，万水千山，从此天涯各自安好。张子静在回忆录里写道："1938年，我姐姐逃出了我父亲的家。1948年，我母亲离开了中国。她们都没有再回头。"是命运不让她们回头，是时代不让她们回头。她们只能在新的环境下，重新开始新的生活，演绎新的故事。无论是否情愿，是否幸福。

历史翻过那沉重的一页，一切都是新的。百废待兴的上海，涌现了许多热情的人物。夏衍，中国新文化运动的先驱者之一，著名电影、戏剧作家。他当时很关注上海文艺界的现状，柯灵就在此时跟他推荐了张爱玲的小说，夏衍很是欣赏。后来他找来了唐纪常与龚之方，让他们合作办一个格调健康的小报。

唐纪常与龚之方得到夏衍的支持，办了一份《亦报》。他们向张爱玲约稿，得到张爱玲的允许，但是张爱玲有一个要求，就是用笔名发表文章。想来过尽千帆的张爱玲不想再惹是非，胡兰成的事对她造成了太大的伤害，她需要过安稳的日子。笔名是用来抵挡红尘的风雨，一种自我的保护。

张爱玲的笔名叫梁京。她学起章回小说家张恨水的形式，边写边刊登。而她这次写的小说《十八春》是她沉寂以后一部深受读者喜爱的作品。至今在张爱玲的读者里，许多人尤爱《十八春》。《十八春》讲述的是一个上海故事，和张爱玲所处的时代同步。十八春，即故事是从1949年倒溯十八年开始写起的。

仅这部小说的名字，就引起读者的好奇。连载几天，就已经开始有读者热情关注了。龚之方很是看好这部《十八春》，几天后就登出预告，道明是名家之作。或许有些深谙张爱玲的读者，已经猜测出梁京就是她。但这些似乎不重要，他们只沉浸在小说的故事情节里，翻读报纸已经成为生活中不可缺少的期待。

　　《十八春》讲述的是平民之女顾曼桢与世家子弟沈世钧的刻骨之恋。原本郎才女貌，一对玉人，可命运捉弄，沈世钧因父亲患急病而匆匆赶往南京，而曼桢却被一贯疼惜她的姐姐曼璐加害，陷进其设下的可怕的局里，从此开始她漫长苦难的人生。曼璐为锁住丈夫祝鸿才的心，不想他出去寻花问柳，不惜软禁自己如花似玉的妹妹。祝鸿才糟蹋了曼桢的清白，直到她生下孩子为止，这时候，已经物是人非了。

　　沈世钧面对曼桢突如其来的失踪，万分着急。他从曼璐那里询问曼桢的下落，曼璐欺骗他曼桢已经嫁人，再不会回来。沈世钧在心灰意冷之下娶了一个世家女子，而曼桢自知已是残花败柳，在曼璐死后，忍痛嫁给了祝鸿才。这样百转千回的故事，令人义愤填膺的悲剧，让读者每天追随报纸，恨不能与他们共悲喜。

　　十八年后，顾曼桢和沈世钧偶遇，两人抱头痛哭。沈世钧希望还可以重新开始，奈何命运早已将他们划分为两个世界的人。十八年，沧海几度桑田。曼桢含泪说："世钧，我们回不去了。"仅这一句话，令许多读者痛哭流涕，叹息不已。沈世钧回首往事，那种无以复加的遗憾，令他感慨万千。

　　这部《十八春》后来被张爱玲改名为《半生缘》。一次错过，误了半生情缘。倘若不是十八年后的不期而遇，沈世钧大概一生都无法释怀。而顾曼桢得见从前的恋人，可以诉说前因，道尽衷肠，对她来说，亦是解脱。尽管这个结局让许多读者痛心。只是前尘如梦，走过的岁月，谁又能

回头？张爱玲没有让他们像谜一样活到老去，已是慈悲了。

《十八春》一经发表，再次轰动上海滩。小说的描写太过真实，以至大众投入其间。他们甚至做出了许多非同寻常的反应，喜怒不定。当时许多文化名流，也追捧这部小说。桑弧写了一篇赞词隆重推荐给读者，说："梁京不但具有卓越的才华，他的写作态度的一丝不苟，也是不可多得的。在风格上，他的小说和散文都有他独特的面目。……我读梁京新近所写的《十八春》，仿佛觉得他是在变了。我觉得他的文章比从前来得疏朗，也来得醇厚，但在基本上仍保持原有的明艳的色调。同时，在思想感情上，他也显出比从前沉着而安稳，这是他的可喜的进步。"

当时的《亦报》每天都可以收到大量读者的来信，那种盛况甚至超越了张爱玲几年前的成就。唐纪常看到《十八春》的如此硕果，便想着要乘胜追击，急着找张爱玲要下一部连载稿。可张爱玲没有答应，她心里明白，强极则辱。想要在短时间内再写一本超越《十八春》的小说，已是不能。

半年后，张爱玲又写了一部中篇小说《小艾》，在《亦报》上连载。但是随着时势改变，张爱玲的主题和风格亦要随之更改，这对她来说有些为难，所以，最后匆匆收笔。她回首自己这几年的沧桑变故，亦觉得心酸难耐。胡兰成已经从她的心里剜去，他所带来的耻辱与悲哀，也成了过往。这么多年的压抑，终于得到释放。可为什么，她无法让自己真正安静，真正开心？

她需要再次转身，华丽又寂寥地转身，这一次，无关他人。她不想再为任何人萎落尘泥，亦不想再为任何人无端绽放。或者说，张爱玲从来不曾为别人低眉。她当初愿为胡兰成卑微，是因为她想要真实地爱一场，用爱来燃烧自己，来成全她的华年。所以，自始至终，张爱玲都是无悔的。纵然她为这个男人忍受天大的委屈，她也认了。

在读者眼里，张爱玲的文字是一坛烈酒，品过的人都愿意痛饮，醉到七零八落，才肯罢休；又是一袭华丽妖娆的旗袍，看过的人都愿意做她裙裾下的草木。所以，张爱玲每一时期的作品，都会达到一个极致，都会风靡上海滩。她无法做到无声无息，因为读者喜欢的是那个风华绝代的张爱玲，喜欢她不可一世的傲气与浓墨重彩的表达。倘若张爱玲脱下了旗袍，换了一壶清茶，那么她就不再是读者所喜爱的那个张爱玲了。

她迷惘了，也疲倦了。她觉得自己已经不适合当下这个舞台，尽管她已经成功地拉开了帷幕，可是她演不下去了，她需要提早散场。只是褪去了这袭遮身的旗袍，离开了这个熟悉的舞台，洗尽铅华的她，又该去哪里？

华胥一梦

这些年，张爱玲不曾有过安稳，那种紧迫感一直追随左右，让她想要逃离。世海茫茫，她幻想自己会与流云一般，飘散天涯。

香港，真的是一座热闹而繁华的城，这里有许多绚烂的花和苍绿的草。这座城从古至今都离不开水，似乎任何时候都暗流涌动。这是个给不起诺言的城市，却可以满足许多人卑微又骄傲的愿望。行走在物欲横流的街道，没有人知道你从哪里来，又将到哪里去。你可以肆无忌惮地做梦，也可以若无其事地孤独。

十载春秋，回首悠悠过往，已是沧海桑田。十年前，她从这里匆匆离去，十年后，重返旧地，算不算一种归来？张爱玲选择再次来到香港，不仅是为了逃避上海的风云，也是为了能够在一种熟悉又陌生的环境下，重新生活。喧闹的街头，匆匆的脚步和淡漠的表情，是她想要看到的。她知道，这座城市的人在忙碌中自顾不暇，唯有这样，才可以不被惊扰。

许多人不明白，张爱玲在上海已经重新找到了属于她的舞台，为什么还要决绝转身？几年风雨，她受尽屈辱与谴责，好不容易用文字赢取了新的天空，可她不要那份来之不易的尊荣，默默地抛弃一切，选择独自远赴香港。是她预感到什么了，还是她仅仅只是想要离开？

"时代是仓促的，已经在破坏中，还有更大的破坏要来。"这是她多年前的一句话，这句话就像是预言，覆盖了众生的命运。这些年，张爱玲不曾有过安稳，那种紧迫感一直追随左右，让她想要逃离。世海茫茫，她幻想自己会与流云一般，飘散天涯。为了逃避回忆，忘记前尘，她只想出发，开始遥远的旅程。

她选择来到香港，是忆起母亲临别时的话，到香港大学申请复学。也许这只是一个借口，但是这个借口可以让她暂时栖居。她申请出境，持有港大开的证明，去香港的理由是"继续因战事而中断的学业"。走之前，她没有给任何人交代，包括弟弟张子静。并且她和姑姑约定，彼此不通信，不联络。

可见她要遗忘一切的决心，那种遗世的苍凉，成了无法摆脱的宿命。弟弟张子静听到姐姐离去，怅然若失，默默流泪。柯灵以及那些上海文化名流，都是在后来才知道她去了香港，他们对张爱玲的选择，只是感到惋惜。

可张爱玲的离开，是对还是错呢？张爱玲的文字，需要上海这片土地

的滋养，离开上海，她的文字就随之黯然失色了。失去了华丽的文字，她
还是当初的张爱玲吗？也许她的离开是一场错误。但无论结果如何，我们
都要尊重她的选择，她的心愿。

但张爱玲的离开亦是明智的。假如她留在上海，无疑到后来又将遭
遇"审判"。那些曾经风华绝代的民国才女都被时代摧残，花枝招展的过
往成了不可碰触的伤。张爱玲走了，这座城市的荣不属于她，辱也不属于
她。她是她自己的，只是自己的。

张爱玲去香港前，还去了一趟杭州西湖。潋滟湖光，碧水青山，这个
历代文人墨客都钟爱的诗意江南，于她，却没有多少诱惑。似乎她的冷艳
与苍凉，与这座柔软的城市格格不入。悠长的苏堤，典雅的亭阁，给她一
种无法触摸的清凉与遥远。张爱玲的生活从来都不是温软风月，她属于民
国这场浩荡的风烟。所以，她必须离开，在喧闹中隐藏她的寂寥，遮盖她
的伤痛。

1952年，三十二岁的张爱玲踏上香港这片土地，内心真是百转千回。
这样的放逐尽管凄凉，但她相信，这片土地会给她疲倦的灵魂一寸安宁。
世事难全，人生处处皆是局。港大的校园，昨天的绿阔千红还在，只是她
已容颜更改。

几经周折，张爱玲终于在这年八月正式于港大注册复读。但此时的张
爱玲已失去经济来源，为数不多的钱物已经花掉，她陷入了困窘的生活。

无奈之下，张爱玲只好出去谋职。据说她应炎樱的邀请，去了一趟东京，碰壁后又返回香港。而她仓促的离开激怒了校方，学校拒绝了她的复读请求。

　　张爱玲是个傲气的女子，她此次来香港，复学也只是一种理由。所以，学校对她的拒绝，于她来说已算不得是什么打击。她毅然离开，自己临时找了个住处，开始了她的谋职生涯。她曾说过："香港是一个华美的但是悲哀的城。"所以，要找到一份如意的工作并不容易。这个求职的过程，让她遭遇了太多的冷眼与淡漠。

　　但此时的张爱玲，已不再是那个未经世事的小女生。她是一位年轻的女作家，她的作品曾经几度风靡上海滩。也许那份荣耀会因时间淡去，但她骨子里的才华却至死相随。很快，张爱玲在美国驻香港新闻处找到了一份翻译的工作。她有深厚的中文功底，加之她流利的外语，翻译作品对她来说并不是一件难事。

　　张爱玲先后翻译了《老人与海》《爱默森选集》等作品。对她来说，翻译文字并没有多大乐趣，只是一份简单的工作而已。这期间，张爱玲还写了电影剧本《小儿女》《南北喜相逢》，文笔风格清淡了许多，却仍不失真味。洗尽铅华的张爱玲，已经害怕世间纷纷攘攘。她要的，不再是华服重彩，而是天然淡妆。

　　在香港，最令张爱玲欢喜的，并不是这份工作，而是她所结识的两位

朋友，即在美国驻港总领事馆新闻处（简称"美新处"）担任译员的邝文美女士及其丈夫宋淇。宋淇先生是著名戏剧家宋春舫之子，1948年来到香港，先后在美新处书刊编辑部、国际电影懋业有限公司（简称"电懋"）和邵氏电影公司任职。他钟情于中国古典文学，对《红楼梦》颇有新颖别致的研究。也正因了红楼，张爱玲和他便有了相同的兴趣和默契。

宋淇夫妇在四十年代生活于上海，他们对张爱玲可谓久仰其名，早就是她的热心读者。想不到机缘巧合下，他们邂逅于香港，从此这份情谊相伴终生。关于张爱玲的情感故事，他们都不陌生，谈话间也曾提及过，但是张爱玲总是无言以对。此后，夫妇二人不再提起她的沧桑过往。

在香港，张爱玲举目无亲，而宋淇夫妇给了她许多帮助。为了让她一个单身女子不受外界太多干扰，夫妇在离家不远处帮张爱玲租了房子。如此一来，就有了频繁的走动。他们都是性情中人，又同在上海定居过，这给天涯羁旅的张爱玲带来了许多温情。尽管上海给过张爱玲太多的伤，但故乡的明月，还是让她深深地怀想。

暂时的安定，让张爱玲又有了写作的念头。文字在她心中，始终是无法割舍的情结。所以，无论是得意还是失意，她都需要文字来疗饥。这是张爱玲第一次用英文写小说，作品为《秧歌》。写完后，张爱玲并不十分自信，她将初稿给宋淇夫妇过目之后，才寄给美国的出版经纪人。

见罢胡兰成，张爱玲的心再也不能回到从前。这夜，她独倚窗台，看清冷月色，才恍然悟到这些年她不过在演一场独角戏。原以为山水不欠，守着一段时光独自沉醉，也可以微笑。直到胡兰成出现，她知道，她要的生活，终究如她笔下的人物一般，烟火与共。

胡兰成的背离，让她觉得春水失色，山河换颜；觉得爱是惩罚，是厌倦。所以当她觉知一切无法挽回时，做了一次倾城的转身。而那个自以为是的男子，还认为她会守着那座古老的公寓，为他等到新月变圆。殊不知，衣橱里各式花样的旗袍还在，留声机的老歌还在重复旋转，而人已放纵天涯。

　　张爱玲的才华，得到了美新处处长麦卡锡的认可。他觉得张爱玲是文学天才，一个中国人可以将英文小说写到这样好的程度，几乎令人妒忌。《秧歌》后来在美国出版，在读书界得到不错的反响。有书评说："这本动人的书，作者的第一部英文创作，所显示出的熟练英文技巧，使我们生下来就用英文的，也感到羡慕。"

　　之后，张爱玲把《秧歌》翻译为中文，在香港《今日世界》连载。后在香港出版英文本及中文本，但是销售十分惨淡。也许是张爱玲写作风格有了太大的转变，喜欢她的读者依旧沉浸在她的《红玫瑰与白玫瑰》，还有《倾城之恋》与《十八春》里。他们无法进入张爱玲笔下这种平淡而近自然的境界，又或者说，他们的口味早已被张爱玲喂养得浓郁。来一杯清淡的茶，品起来自然是索然无味。

　　接着，张爱玲又写了一本《赤地之恋》，同样遭到了冷遇。张爱玲只是想要换一种风格，试图附庸政治，让读者闻到真实的生活气息。然而她失败了，读者喜欢的依旧是她那些花满枝头的民国题材。奔赴千里，换来的是盛极而衰的结局。其实张爱玲并没有孤注一掷，她只是想跟命运做一次较量，在人生的路途中提前转弯。奈何，一切都不如想象中那么简单，那么称意。

　　张爱玲在香港待了三年。三年，唯一值得她欣慰的是，结识了宋淇夫妇这样的益友。而这座城给她的滋味，实在一言难尽。如果她继续留在香港，体味这里的百态众生，以她的才情，一定可以再次写出风华惊世的作品。可她的心再也回不到过去，她无法再去迁就这个世界，她需要的是世界的恩宠。

几番流转，人生就是华胥一梦，可惜醒梦太难。原来，众生忘不了的，依旧是上海滩那个旗袍裹身的张爱玲。原来，岁月的巷陌，一直烟火悠悠，她认为的彼岸，没有尽头。

穷尽人海

在这个人声鼎沸、高贵典雅的城，她充当了一个卑微冷落的角色。没有人认识她，纵有绝世之才，风流之姿，也只能演一场独角戏。

记忆中，秋天是一个旁若无人的季节。又或者说，再多的人，也抵不过那份清远微凉的况味。这个季节的心情和故事，都被染上淡淡霜华。曾经繁闹的都市，以及幽深的人生，似乎也简静了许多，一眼便望到了尽头。

当然，这个季节亦适合别离。那些原本张扬明艳的人，显得有些矜持和沉静。张爱玲选择在秋天离开香港，是因为她不小心丢掉了那个从容的自我。世间尘缘，必定要经历百难千劫，才可以幻化虚空。这个云端之上的女子，就算她甘愿萎落尘埃，我们对她，始终是仰望的姿态。

"克利夫兰总统号"，这是一艘轮船的名字。是它将张爱玲带离香港，驶向美国，却忘记将她带回来了。这艘船，载过许多有名的，以及无名的中国人，圆了他们的留洋梦。留洋对张爱玲来说，也曾是一个青涩美好的梦。在她十八岁的那一年，她考取了英国伦敦大学，却因为战争而未能前往。

母亲和姑姑的留洋，曾经在张爱玲的心中留下了温情而浪漫的记忆。那时候，她甚至觉得国外的风都是典雅而放达的。在国外，无须循规蹈矩地存在，无须装腔作势地生活。在那里，多了一份随性与散漫，自由和不羁。十年风雨，山高秋远，张爱玲年少时那个浪漫的梦早已不做了。她如今选择漂洋过海，是为了和过往纠缠不清的岁月告别。她曾经说过，要换一种干净利落的活法，她要在蓝天碧海下自由呼吸。

杯中酒已尽，旧事已成尘。船是在旧金山入境的，从此美国照见了她后半生明明灭灭的行踪，直到若干年后，她葬身于这个国。这就是宿命，这个来自上海的女性，这个穿越民国烟雨的才女，最后寂寥地死在异国他乡，只有魂梦归去故里。这一切，都是多年以后的事了。如今的张爱玲，只是一个心性散淡的女子，她丢失了自己的国，想到这里安身立命。

在旧金山稍事停留，张爱玲便去了纽约。她并非举目无亲，因为在那里，有一个人在等她，就是她此生最好的朋友——炎樱。炎樱已经移居美国，在纽约做房地产生意，做得如火如荼。她的人生就如同她的性格一样，明丽开朗。人说性情决定命运，一点都不会错。炎樱和张爱玲同在港大学习，后来也同去上海，但是她的人生似乎一直都很顺畅。而张爱玲纵有斐然才情，却始终如浮萍，无根无蒂。

不知道这两个女子，到底谁活得更真。纽约，世界之都。一座商业金融之城，一座艺术文化之城，给高贵的人以尊荣，给闲逸的人以清风，给卑贱的人以落魄，给忙碌的人以风霜。穿行在摩天大楼之间，感受霓虹幻彩的迷离，的确可以让你忘记自己的前世今生，从此愿做这个城市往返的微尘，不计较悲欢。

这座城市的繁华以及一切，对张爱玲来说都不再是诱惑。她唯一欢喜的，是与好友炎樱重逢。炎樱似乎成了这世上唯一可以信任的人，唯一的依靠。张爱玲在她面前，倾诉了多年来郁积的心事。那时候，她有一种如释重负的快感。随后，她们一起闲逛在纽约的街市、电影院、食品店。这种快乐，如当年在香港和上海一样单纯，一样温馨。

张爱玲此次来纽约，还想见一个人，就是胡适先生。之前她在香港曾寄过那本《秧歌》给胡适。而胡适收到后，给张爱玲回了一封长信，并对《秧歌》做了细致的评论。他欣赏张爱玲的才情，认为她的作品很有文学价值。

据说张爱玲和胡适两个人还有一些家族渊源。张爱玲的祖父张佩纶认识胡适的父亲胡传，并且还在其事业受阻时帮助过他。后来张佩纶遭贬，胡传亦知恩图报，还给张佩纶寄去了二百两银子。而且胡适先生还跟张爱玲的母亲和姑姑同桌打过牌，也许是这些，胡适对张爱玲格外关注。

此时的胡适已经脱离了政坛，来到纽约，开始他寂寥又闲逸的生活。

在这里，他深居简出，闭门谢客。屋子的装饰中国味浓郁，他闲时在屋檐下晒太阳，喝茶看书，日子是真的安宁了。张爱玲在忆胡适那篇文里写道："适之先生穿着长袍子。他太太带点安徽口音……态度有点生涩，我想她也许有些地方永远是适之先生的学生。使我立刻想起读到的关于他们是旧式婚姻罕有的幸福的例子。"

在这个遥远的异国，得遇故人，又邂逅胡适先生，牵引出了张爱玲对故国的淡淡思念。之后，胡适对张爱玲一直很关照，唯恐她寂寞，几次打电话问好。张爱玲在炎樱家住了一段时间，重温大学时那段美好的梦。但张爱玲知道，这样并非长远之计，她此次来美国，是为了重新独立地生活，所以，她要过回自己一个人的日子。

后来张爱玲搬去了救世军办的女子宿舍，这里简陋，其实就是救济贫民的地方。尽管炎樱不同意，但张爱玲个性倔强，她决定的事从无改变。女子宿舍的场景，确实有些混乱，有些萧索。在这里，也只是暂时落脚。对张爱玲来说，在这个陌生的城，谁也不认识谁，所以，在怎样的环境下生存，她并不在乎。

让张爱玲感动的是，有一天，胡适先生来到这里探望她。张爱玲请他到客厅去坐，里面黑洞洞的，足有学校礼堂那么大。张爱玲无可奈何地笑，但胡适却直赞这地方好。很明显，这是对张爱玲的宽慰，他懂得一个单身女子在异国他乡的艰辛。这样一个才华横溢的女子，应该过上幸福安稳的生活，而她却可以在如此简陋的地方安之若素。胡适对张爱玲，有的不仅是怜惜，还有许多的钦佩和欣赏。

张爱玲在忆胡适那篇文里，细致地描写了一段送别的场景，读后令人感动不已。"我送到大门外，在台阶上站着说话。天冷，风大，隔着条街从赫贞江上吹来。适之先生望着街口露出的一角空蒙的灰色河面，河上有雾，不知道怎么笑眯眯的老是望着，看怔住了。他围巾裹得严严的，脖子缩在半旧的黑大衣里，厚实的肩背，头脸相当大，整个凝成一座古铜半身像。我忽然一阵凛然，想着：原来是真像人家说的那样。而我向来相信凡是偶像都有'黏土脚'，否则就站不住，不可信。我出来没穿大衣，里面暖气太热，只穿着件大挖领的夏衣，倒也一点都不冷，站久了只觉得风飕飕的。我也跟着向河上望过去微笑着，可是仿佛有一阵悲风，隔着十万八千里从时代的深处吹出来，吹得眼睛都睁不开。那是我最后一次看见适之先生。"

这个背影，给了张爱玲一种同是天涯沦落人之感，也刻在她的脑海里，永生难忘。只是她没有哭，而是倔强地微笑。她真的好孤独，因为回去之后，她又将面对那些落魄陌生的脸孔，和她们一起，接受这个城市的恩惠和救济。可是她从来不觉得这样有失尊严。她不过是一个流离远方的女子，涉水而歌，不畏冰冷。

此次离别，张爱玲几年没跟胡适通消息，直到后来通过一封信，又隔了好些时日，张爱玲再次接到有关胡适的消息，只不过，这次是一个噩耗。胡适先生于1962年在宴会上演讲后突然逝世。张爱玲说他是无疾而终，有福之人。

终难忘，这个陌生的都市，这场寒冷中温暖的相逢。此时的张爱玲，渐渐褪去了华丽，成了一个沉静迷惘的观者。在这个人声鼎沸、高贵典雅的城，她充当了一个卑微冷落的角色。没有人认识她，纵有绝世之才，风流之姿，也只能演一场独角戏。她就像陡峭山崖的一株云松，像浩瀚银河里的一颗星子，将坚韧和璀璨藏于心底。

救世军办的女子宿舍终究不是长住之处，张爱玲有种一叶落而知天下秋的感觉。出于无奈，张爱玲向位于新罕布什尔州的麦克道威尔文艺营求助，1956年2月13日，她正式提出了申请："亲爱的先生，夫人：我是一个来自香港的作家，根据1953年颁发的难民法令，移居来此。我在去年10月来到这个国家。除了写作所得之外，我别无其他收入来源。目前的经济压力逼使我向文艺营请免栖身，俾能让我完成已经动手在写的小说。我不揣冒昧，要求从3月13日到6月30日期间允许我居住在文艺营，希望在冬季结束的5月15日之后能继续留在贵营。张爱玲敬启。"

这就是张爱玲，仿佛任何一个凡人，都无法追随她的步履。她可以端然于水上，亦可以俯身于尘埃。这个出身贵族的富家小姐，如今只要求一间可以遮风挡雪的木屋。也许许多人看到这段文字，会为她流下伤感的泪。然而她自是不屑的，哪怕人生只剩下一种颜色，她依旧可以在百媚千红的花丛中翩然独立，风姿万种。

执子之手

她是真的寂寞，但她不是一个随意找人倾诉，随意偎依就可以取暖的女子。她需要灵魂的交融，需要真诚地执手。

她走了，在那个大雪纷飞的季节，独自离去。她知道，过尽人海，也找不到现世安稳，她宁愿这样单薄地走下去。花儿谢了，连心也埋，他日春燕归来，身何在?

一念花开，一念花落。这山长水远的人世，终究还是要自己走下去。人在旅途，要不断地自我救赎。不是你倦了，就会有温暖的巢穴;不是你渴了，就会有潺潺的山泉;不是你冷了，就会有红泥小火炉。每个人的内心，都有几处不为人知的暗伤，等待时光去将之修复。

张爱玲在落魄之时曾寻找救助，这看似卑微的选择，却丝毫不影响她的高贵。她发出去的申请，很快就得到文艺营的回复——愿意接纳她。此时的张爱玲就像是一叶孤舟，漂泊江海后，找到了一个可以暂时停泊的渡口。1956年3月中旬，张爱玲坐上了从纽约到波士顿的火车，又转乘巴士抵达风景秀美的新罕布什尔，进入彼得堡镇。这个漫长的迁徙，对张爱玲来说，尽管颠沛，心里却总算有个着落。

忆起《上海往事》这部电视剧，刘若英扮演的张爱玲，拎一只简单的皮箱，在雪地里踽踽独行。一袭风衣，神情冷淡，她的世界已经静默无声，而我们偏生要为她落泪。她依旧穿旗袍，只是不再有华美的粉饰，繁复的牡丹换成了简约的素花。我们看到的是一个转身的张爱玲，昨日似雪繁花，早已一别千度。她剩的，只是这份寡淡与微凉。

抵达麦克道威尔文艺营时，天色已晚，柔和的灯光从房舍的窗子里流泻而出。张爱玲感受到一种久违的温暖，一种静谧柔美的暖。这座美丽的欧式庄园，有几十所独立的艺术家工作室，有图书馆、宿舍以及供社交用的大厅。这些房舍，或建于草坪，或建于森林，环境优雅，安静舒适。

据说创建人是一位作曲家的遗孀，她的善举使得世界上许多飘零的文艺人有了一处安身的居所。是这里收容了张爱玲，让她漂泊的魂有了归宿。一间木屋，一间工作室，简洁却温馨。山里十分寒冷，积雪不消，但这里远离尘嚣，适合创作。

一盆炉火，一杯咖啡，一个倦怠慵懒的灵魂。张爱玲收拾好零散的心情，打算重新在文字中找回自我。她的创作计划是写一本英文小说，书名为《粉泪》（*Pink Tears*），就是后来出版的《怨女》。这部作品是《金锁记》的拓展本，当年《金锁记》风靡上海滩，将她推上一个极致。张爱玲有信心将这个故事重新改编，让湮没在光阴里的华丽过往重现人间。

这是个宁静的庄园，有固定的用餐时间，也可以随意和朋友交流。那时候的张爱玲很沉默，她习惯独自在木屋的轩窗下安静写作。疲累时，看窗外寂静而空明的山林，看欢快游走的动物，张爱玲找到了一种返璞归真的安宁。夜凉如水，一轮朗月，挂在树梢，淡淡的清辉，令她想起了童年时天津旧屋的模样。不知上海滩的月亮，是否依旧沉浸在孽海红尘，自得其乐。只是曾经相伴在一起的人，已经生死茫茫，无从寻找。

民国才女张爱玲的感情世界，注定不会那么简单。哪怕此时的她远避纷繁，命运同样可以给她一份不寻常的安排。不是她哗众取宠，不是她惊世骇俗，不是她寂寞难耐，而是月老牵错了红线，是宿命太不解风情。张爱玲居然在这里遇上了她生命里第三个男子，一个年过花甲的美国老人赖雅。如果说胡兰成是张爱玲的刻骨铭心，桑弧是张爱玲的过眼烟云，那么赖雅应该是她的沧海桑田。

赖雅，德国移民后裔，他在年轻时就被视为文学天才。其人个性洒脱，知识渊博，处世豪放。结过一次婚，有一个女儿。但生性奔放自由的他，不适应婚姻的束缚，之后离了婚。从此他的生活更加散漫随性，周游列国，卖字为生。

赖雅极具文学天赋，却无法将文字演绎到登峰造极的境界。尤其过了花甲之龄的他，开始走下坡路，摔断过腿，还几度中风。他来到麦克道威尔文艺营，是希望在年华老去时还可以重振文学雄风，而命运给了他一个意外的恩赐：有幸得识中国奇才女子张爱玲，并由她一直陪伴他度尽余生。

邂逅之时，张爱玲三十六岁，可谓风华正茂。赖雅六十五岁，当为风烛残年。也许很多人都不明白，高贵美丽的张爱玲，为什么会要一个这样穷病潦倒的外国老头，他究竟有什么地方值得她如此欣赏，如此付出。孤傲的张爱玲绝不会因为寂寞，而轻易地将自己交给一个男人。更何况她深受过感情的伤害，更何况她曾说过今生亦不能够再爱别人的话语。年轻多才的导演桑弧她都不肯要，为何偏偏选上一无所有的赖雅？

但他们就是在那些暴风雪的日子里，在银装素裹的山林，温暖了彼此。这个白发老人，总是一身白衣白裤，颇具绅士风度。他的高谈阔论、风趣幽默，感染了这位沉默寡言的中国女子。于是，他们有了交往，聚在一起谈文化，谈人生，谈阅历，越谈越投缘。赖雅是个有童心的人，他跟张爱玲讲述他这些年所经历的奇闻逸事，总是令她无比陶醉，欢乐不已。

她有多久没有这样开怀一笑了，她自己都不知道。自从离开上海，她就是无根浮萍，过着居无定所的生活。她是真的寂寞，但她不是一个随意找人倾诉，随意偎依就可以取暖的女子。她需要灵魂的交融，需要真诚地执手。

赖雅是一个有智慧、有涵养的人，是一个童心未泯的温厚长者。他深邃的思想，就是最大的财富。而这些成了打动张爱玲的优势。这个行将萎谢的女子，愿意为他再次绽放。也许不再倾城，不再绝代，但是她亦无悔。

他们在一起了，在那个温暖的小木屋，相互偎依取暖。没有人愿意去猜测，他们之间是否真的有了爱情。张爱玲说过："爱情使人忘记时间，时间也使人忘记爱情。"或许此时的张爱玲早已忘记凡尘一切，她只是一个孤单的女人，需要一个懂得的男子。她无须给任何人交代，她只做自己。她亦愿意为所做的一切，勇敢承担。

有人说，张爱玲为自己朦胧的未来心中无数而感到焦虑。面临多方面的窘迫，她选择了赖雅做依靠。真的是这样吗？像她这样傲气的女子，又如何会让自己沦落到这般境地？就算她想要寻找一个坚实的依靠，亦无须选定赖雅。

以赖雅如今的年岁，以及各方面的状况，都无法给张爱玲真正的安稳。之后张爱玲与赖雅相濡以沫十一年，全凭她一直为生计奔波，对他悉心照料。可以说，赖雅何其有幸，在惨淡余生，有一个张爱玲相伴。而张爱玲尽管为这段感情付出无数艰辛，她的心却不空虚。这种清苦的幸福，比起胡兰成华丽的伤害，要温柔许多。

"我们很接近，一句话还没说完，已经觉得多余。"这是张爱玲的话，她和赖雅是默契的，正是因为这份默契，他们走到了一起。一个曾经奢华的人，到后来，只愿意简静度日。她再也要不起繁花满枝的爱情，那个曾经许诺她现世安稳的男人早已跑掉。如今这个老人，却给得起她平淡的真实。

其实，张爱玲之前只想过简单的偎依，并没有打算跟赖雅结婚。而一直四海为家，过惯了单身生活的赖雅，也没想过要为某个女子停留。所以，赖雅在文艺营的期限到了时，他也就只好离开。走的时候，他给不起任何诺言，张爱玲却在送他之时，把仅有的一点钱给了他。赖雅去了纽约北部另一个文艺营入住，依旧过着浪子生活。

分别之时他们并不曾想到会再见。因为两棵浮萍，在流水光阴里，谁知道几时能够再遇见。可是命定他们要在一起，张爱玲惊奇地发现自己怀孕了。她把这个消息写信告知赖雅，赖雅激动万分，又踌躇不已。以他现在的处境，实在无力承担闯下的祸，可他觉得自己必须要负起责任。而张爱玲是一个美好可爱的女子，于是他写信跟她求婚。

张爱玲再次收拾行囊踏上征途，此次与她同行的，还有她腹中的胎儿。他们去奔赴一个自身难保的男人，尽管赖雅愿意负责任，只是这个责任他负得起吗？炎凉世态下，就连渔樵耕读，坐看云起的日子，都不能平静拥有。无论前方多少迷惘，张爱玲只能沿着这狭长的年月走下去。去一个有他的地方，和他冷暖与共。

故乡月明

在文字那深沉而博大的海洋里，你不经意地邂逅，会有意想不到的收获。你刻意去寻找，反而徒劳无果。

幸福到底是什么？是蓦然回首，那人已在灯火阑珊处；是寻常巷陌，转角处不期的相逢；是征程万里，时光渡口的风雨归来。这看似简单的企盼，却总要经过万水千山，方能圆满。世事难料，只是我们都应该相信，有一天会殊途同归。

此时的张爱玲和赖雅，就是行走在两条路上的人，但是他们因为因缘际遇，要厮守在一起。赖雅提前去火车站等候他未过门的新娘，想必那时的心情激动又凌乱吧。而张爱玲亦是如此，她的心情落落不可言说。她不敢怠慢生命里的第二次婚姻，更不敢在这个时候相忘天涯。

赖雅找了间旅馆把张爱玲安顿好，之后他正式向张爱玲求婚。张爱玲不假思索地答应了，尽管赖雅求婚时提了一个要求，他的要求是不要孩子。张爱玲亦同意不要孩子，她甚至比赖雅更坚定。也许很多人不明白，如果是为了孩子，两个人结婚倒是不难理解。但如今他们决定不要孩子，又为何还要那一纸婚约呢？

张爱玲曾经和胡兰成亦有过一纸婚约，他许诺的"岁月静好，现世安稳"早已散作烟尘。是的，赖雅和胡兰成不同，他真诚良善，不像胡兰成那样寡情薄义。但他是一个浪荡子，早已习惯了自由散漫的生活，又能拿什么来给张爱玲安稳？如若只是为了爱情，或只是为了相互取暖，倒不如不要婚姻的束缚，只在彼此需要时淡然相守。有朝一日，厌倦了，仍可以随性放逐。

但他们结婚了，无论是否幸福，他们都决定在一起。1956年8月，赖雅和张爱玲举行了简单的婚礼。婚礼结束后，两人携手游遍了纽约，只当作一次蜜月旅行。当张爱玲把这消息告知远在伦敦的母亲时，黄逸梵深感高兴。在她看来，这位年长张爱玲近三十岁的女婿，尽管配不上她女儿，但是女儿总算有个依靠，不至于孤苦伶仃。只是这位一生漂泊的母亲，在张爱玲结婚后的第二年就病逝于英国。不知道，她闭上眼的那一刻，是否红尘梦醒。

婚后两个月，赖雅再次中风，并接近死亡。最后算是挺过来了，可江郎才尽的他，越来越依靠张爱玲。他们依旧居无定所，靠张爱玲卖字为生，日子有多么窘迫，可想而知。以至于后来许多人为张爱玲心痛不已，觉得她不该嫁给赖雅，为他耽误整整十年大好光阴。更多的人指责赖雅，尤其是夏志清先生，他认为赖雅是个自私专横的男人，实在有负张爱玲。

或许这就是张爱玲不可逃脱的情劫吧，当年她为胡兰成芳华落尽，如今又要为赖雅艰辛耕耘。她是一个女人，却一生未享受过女人该拥有的幸福。和赖雅成婚后，张爱玲所有的时间除了写作挣钱，就是照顾赖雅的身体。他们常常为夜宿何处悲哀，甚至为一顿饭钱发愁。唯一的安慰就是彼此在一起，只是初见时那种相见恨晚的惊喜，已经被岁月消磨得荡然无存了。

几年的努力，张爱玲的作品总算有些起色，但她似乎再也回不到当年上海滩的辉煌了。在文字那深沉而博大的海洋里，你不经意地邂逅，会有意想不到的收获。你刻意去寻找，反而徒劳无果。张爱玲知道得失随缘，可是日子是一食一宿，缺一不可。如果只是单纯衣食，或许还可以支撑下去，但是赖雅时不时地发病，令张爱玲无法不忧心。

终于，在结婚五年后，张爱玲有了回中国港台发展的打算。此时的张爱玲和赖雅初到旧金山不久，生活稍安定，但写作前景依旧迷茫。她不能如此坐等光阴消磨，所以，她必须离开。这个打算，对赖雅来说，自然是震惊的。张爱玲一走，病体支离的他，该由谁来照料？尽管张爱玲留有钱给他，还将赖雅托付于他女儿霏丝照顾，但赖雅依旧感受到那种被抛弃的绝望。

张爱玲决定的事从来不会改变，但是她的人品不容许任何人质疑。她走了，从美国飞回中国台北。赖雅看着她的背影一度认为，这个孤傲倔强的东方女人，再也不会回来了。张爱玲顾不了他的感受，她此次回到阔别六年的故土，不仅是为了自己，亦是为了他。

　　中国台湾，这个对她而言陌生的岛屿，却分明不陌生。接待她的是之前在美新处工作的上司麦卡锡，如今他已是美国驻中国台北领事馆的文化专员。他将张爱玲接到他的豪华大别墅住下，香车宝马，仆从如云。张爱玲已经多年没有享受过这样奢华的生活了。那个夜晚，遥望窗外的明月，恍如梦中。

　　经过岁月淘洗，张爱玲的作品在台湾受到许多读者的瞩目。一些台大年轻的作家，敬张爱玲为神。麦卡锡为张爱玲接风洗尘，在台北国际戏院对面的大东园酒楼设宴。陪客有白先勇、王文兴、欧阳子、陈若曦、王祯和、戴天、殷张兰熙等，他们大多是台大学生中的"文青"，当时正在办《现代文学》杂志。

　　这些人从未见过张爱玲，所以在见到她之前，大家在猜测张爱玲的容貌。陈若曦问白先勇："你想她是胖还是瘦？"白先勇不假思索道："她准是又细又瘦的。"不多久张爱玲出现了，她清瘦孤绝，皮肤雪白，身着素净的旗袍，显得非常年轻。陈若曦在《张爱玲一瞥》中曾经这么写过："浑身焕发着一种特殊的神采，一种遥远的又熟悉的韵味，大概就是三十年代所特有的吧……"

是的，她就是那个从民国烟雨里走来的女子，有着任何人都无法取代的韵味。她语调很轻、很慢，甚至有些敏感、羞涩。白先勇记得，他坐在张爱玲身边，以为她会有上海口音，却不知她说的是带有浅浅京腔的普通话。

她似乎跟王祯和谈得更投机，她对王祯和说："看过你的《鬼·北风·人》，真喜欢你写的老房子，读的时候感觉就好像自己住在里边一样。"王祯和听后十分欣喜，当即就邀请张爱玲去他花莲的老家住几日，体验老房子。

张爱玲亦答应，饭后，她让陈若曦陪她上街去买一块衣料，打算送给王祯和的母亲做见面礼。离开宴席的张爱玲健谈了许多，她们谈论女性的话题，有关旗袍、发髻等。陈若曦后来说："这真是我见到的最可爱的女人，虽然同我以前想象的不一样，却丝毫不曾令我失望。"

张爱玲在花莲住了一个星期，当地的风土人情令她深刻难忘。而王祯和对张爱玲亦有一种无法言说的情结，每次回忆起来，心底总会荡漾微微的波澜。他说："她那时模样年轻，人又轻盈，在外人眼里，我们倒像一对小情人，在花莲人眼里，她是'时髦女孩'。因此，我们走到哪里，就特别引人注意。我那时刚读大二上学期，邻居这样看，自己好像已经是个'小大人'，第一次有'女朋友'的感觉，喜滋滋的。"

王祯和陪同张爱玲游玩了花莲的许多景点，此时她忘记了这几年的羁绊生涯，沉浸在这个明媚、泛着古风的地方。她年轻美丽，神色清爽。这次离别之后，王祯和和张爱玲也一直有信件往来。但是数年后，王祯和去美国，想见张爱玲一面，却被她拒绝了。晚年的张爱玲离群索居，闭门谢客，她不愿再和过去的人与事有任何的纠缠。王祯和认为，张爱玲拒绝相见是对的，因为在他的记忆里，她永远都是那样年轻美丽。

倘若中途没有赖雅在美国中风的消息，张爱玲此次台湾之行应该是明丽欢快的。但他突如其来的发病，令张爱玲稍微舒展的心情又开始千缠百绕。她听到消息时，想着立即飞回美国，但思量一番后，还是决定放弃。不是她心冷，那时她身上的钱，连一张机票都买不起。就算她可以找朋友借，但是回去之后呢，她将同样走至山穷水尽的境地。

此次回国的目的，是为了寻找机遇挣钱，改善一直以来的困窘状态。如今才到台北，尚无所获就仓促回去，岂不白费心机？无可奈何的张爱玲只能割舍对赖雅的挂念，决意飞至香港，寻找老朋友宋淇，希望在他那里找到合作的机会。之前张爱玲应宋淇之邀为香港电懋公司编过《情场如战场》《桃花运》《人财两得》等剧本。虽说没有卓越的成就，却也收获颇丰。

极目云天，飞鸿尚有归处，奈何这位民国才女却凄凉无依？倘若只是一个人，只需一间屋，每日粗茶淡饭足矣。为何她要贪恋这世间奢靡情事，为一个风烛残年的男子如此坚定决绝地付出？夜阑静，暮云收，惆怅心事，与谁言说？

第六卷

今生只作最后一世

山穷水尽

终于明白，光阴会将一切消磨殆尽。最怕流光催人老，老到不能动弹之时，连回忆都是悲哀的。

倘若未曾见过这座城，定无法感知这种瞬息万变的动荡。原以为只是密涌簇拥的人海，是浩瀚星辰的璀璨，是街市烂漫的花红。但当你真正来到，或是再度走进的时候，才发觉，这座像烟火一样的城，其实是那么深邃静谧，那么孤独无依。

张爱玲来到阔别六年的香港，这座城已在万象纷纭中，渐渐失去本真。也许她不该苛求太多，改变的又岂止是一座城？连同她自己，也早已不再是那个青涩纯净的少女。重回这座城，不仅是为了付出，亦是为了索取。张爱玲的心是黯然的，她期待这座城，可以给她一缕和暖的阳光，让流年不至于催得太紧。

　　接待张爱玲的是老朋友宋淇，这次宋淇请张爱玲创作《红楼梦》上下集电影剧本。稿酬答应支付两千美元，这对张爱玲来说无疑是一笔心动的数目。更何况《红楼梦》是她今生最爱，这些年也写过许多剧本，但《红楼梦》一直是可望而不可即的。

　　张爱玲整理好凌乱的心情，在宋淇家附近的旅馆租了个小房间，开始投入电影剧本的创作中。她此次创作不仅是为了个人的喜好，更重要的目的是挣取那笔稿酬。因为她的生命里多了一个需要照料的丈夫，生活是这样地真实，不容许你再有丝毫的梦幻。

　　每天工作十多个小时，张爱玲感到前所未有的疲累。她的眼膜出血，双腿浮肿，腰身疼痛，曾经认为愉悦的写作如今无疑成了煎熬。写作原本就是一件优雅舒适的事，需要安静的空间，清宁的氛围，美好的心境，当这些不存在的时候，写作就成了一种责任和负担。张爱玲深受其累。

　　这段时间她不断地给赖雅写信，安慰他的情绪。病愈后的赖雅打算定居华盛顿，在女儿霏丝家附近找了一间甚为满意的公寓，安定下来。在这个孤独老人的心里，对张爱玲的决绝离开有些怪怨，但他不会不明白，她如今的付出，只是为了生存。他甚至没有把握她会回来，这段婚姻给了他余生的依靠，同样也给他内心带来无以言说的惭愧和遗憾。

　　张爱玲总算完成了《红楼梦》上下两集剧本，当她如释重负地把剧本交给宋淇的时候，他却说不能做主，要给老板看过后才能定稿。于是等

待又成了一种煎熬，宋淇怕浪费她的时间，于是又安排了《南北一家亲》这部剧本给她写。张爱玲为了多挣几百美元，只好继续留在香港，那段时间，她感到生活给她带来了莫大的屈辱。

赖雅对她的逗留不能理解，以为她在逃避。而张爱玲写过一封信给赖雅，字字句句，无比辛酸。她说自己工作了几个月，累得像只狗一样，却没有拿到一分酬劳。《红楼梦》的剧本还需要边修边等，她的心已经冷透。此时的张爱玲，轻贱如蝼蚁。像她这样一位绝代才女，竟为几百美元如此卑屈，实在令人痛心。假如生命只剩下这些，那么活着真的已然没有乐趣。但众生皆苦，所以张爱玲在那么年轻的时候，会说出"因为懂得，所以慈悲"的话语。

因为懂得，所以慈悲。谁来做那个真正懂得的知心人？山穷水尽的张爱玲，只能问老友宋淇夫妇借钱。也许是因为她生性敏感，也许是她过于深刻地通晓人情世态，总之这一次借钱让她的心被深深刺伤。她跟赖雅写信，其中有一句话是："他们不再是我的朋友了。"如此坚定的话语，又怎能随意说出口？

张爱玲怨恨的也许不是宋淇夫妇借钱的态度，她耿耿于怀的，必定是迟迟不能定稿的《红楼梦》剧本。几个月的辛苦耕耘，一无所获，她的心情可想而知。但与她合作的是电懋公司，宋淇作为一个中间人，亦有他的难处。但焦虑的张爱玲已经不能静下心来思考这么多了，她想的只是自己的劳动所得。

1962年3月，张爱玲带着愤慨与遗憾飞离香港，此后三十多年，她再也没有回到中国这片土地。走的时候，她没有再看一眼这座城，那一簇绚丽的花红。是故土辜负了她吗？还是她觉得，此生多走一段路途，就是多一份负累？美国就是她的彼岸，无论会不会开花；美国就是她的尽头，无论是不是归宿。她留下来了，不打算再踱步。尽管，她依旧不如意；尽管，她把冷暖独尝。

然而张爱玲说"他们不再是我的朋友了"也只是一时气话。她离开香港后，一直和宋淇夫妇保持联系，她和电懋公司的合作也是到1964年才中断，原因是电懋老板在空难中丧生。而这几年张爱玲的稿酬，多半是这里支付。之后宋淇对张爱玲的关照仍不曾间断。1965年，宋淇和台湾皇冠出版社的平鑫涛结交，并向他极力推荐了张爱玲。

张爱玲在人生步入尾声的时候，将所有的遗产都交给了宋淇夫妇。这份伴随终生的友谊令人感动。张爱玲这一生言爱的不多，交往的不多，可以值得她真心相待的，必有过人之处。尽管她也会犯错，会迷失，比如她人生的几段爱情，但这些都是她生命里必须充当的角色。

回到美国华盛顿的张爱玲，并没有摆脱磨难。她刚下飞机，看到康复后的赖雅在机场等待，有种沧桑归来的甜蜜与酸楚，然而两个人的生活，温情的时候太少，烦琐不安的时候那么多。这时的赖雅已经彻底地退出文字的舞台，如今的他，只是一个体弱多病的老者。他停止了放荡不羁的漂泊，放下了层云万里的梦想，以及那份惺惺相惜的爱情。这一切，不是他的本意，可是当一个人老到连自己都照料不好时，哪里还有力气去争执什么，计较什么，付出什么。

后来，赖雅摔了一跤，摔断了股骨头，他的行动更加不方便。紧接着，他又频繁中风好几次，最后瘫痪在床，饮食起居全凭张爱玲照料。这个倔傲的典雅的东方女子，自从嫁给这个多病的老头后，就如同背上一个无法放弃的包袱。她原本沉重的人生，如今更加沉重。

当年在雪夜里围炉烤火，闲话人生的日子，宛若一场春秋大梦，消逝太快。这个男人只给她短暂的欢愉，但她仍旧对自己的抉择无悔。如果说胡兰成让她萎谢，让她痛哭流涕，那么赖雅则让她寂灭，让她欲哭无泪。

那些日子像结了霜，张爱玲带着垂死的赖雅，为了生计到处奔波。他们没有属于自己的归宿，那通明的万家灯火，没有一盏是为他们点亮的。每到一个屋檐，都希望是永远的归家，但他们注定漂泊。那时的赖雅已经瘦得只剩一把骨头，他再也不能穿一袭白衣白裤装扮绅士了，再也不能和天南地北的文友聚在一起高谈阔论了，而他对张爱玲讲述的过往传说，已经成了老掉牙的故事。张爱玲曾经为之笑意盎然，如今只剩下浅淡叹息。

终于明白，光阴会将一切消磨殆尽。最怕流光催人老，老到不能动弹之时，连回忆都是悲哀的。无法想象倘若赖雅没张爱玲，他的余生会在怎样悲苦的环境下度过。或许这是他的因果，是她前世所欠。如《红楼梦》里黛玉还泪一说，还清了神瑛侍者的灌溉之恩就会离去。赖雅终于讨完了他在人间的债，于一个寂寥无声的日子，在张爱玲一个人的陪伴下，安静地去了天国。

或许是他前半生的日子太过繁复，所以，他死后一切都简约。没有举行葬礼，女儿霏丝安葬了他的骨灰，不知道张爱玲有没有为他掉下最后一颗眼泪。死的这一年，赖雅七十六岁，张爱玲四十七岁。十一年的扶持相伴，十一年的风雨沧桑。每一个日子都真实刻骨，只是张爱玲从来没有得到过她要的现世安稳。

日子你可以精打细算，那么一分一秒都在意料之中。日子也可以从容以待，那么时光匆匆，那份仓促令你无从追赶。一个四十七岁，才情横溢的女子，尽管已近迟暮，但仍旧可以再次盛放。而张爱玲说："我有时觉得，我是一座孤岛。"

赖雅的死让张爱玲的心再次成为孤岛，又或者说，让张爱玲得以放下尘世的所有包袱。她可以在自己的孤岛里，随心所欲地漂泊，可以重回寂寞的内心，做回真实骄傲的自己。

日影如飞

明明是一朵雪色梨花，奈何被世间风云扑簌簌地落满尘埃？但她依旧倔傲地活着，活得那么坚定，那么孤独。

"时间加速越来越快，繁弦急管转入急管衰弦，急景凋年已经遥遥在望。"这是张爱玲说的话，她的人生最后的几十年，就在光影的催促中仓皇度过。她似乎可以巧妙地占卜自己的人生，在年轻的时候，就能够预知将来的一切。其实这世上最欣赏最懂得她的人，终究还是胡兰成，因为只有他说过，她是民国世界的临水照花人。她无须知晓世事，这个时代的一切自会来与她交涉。

赖雅走后的岁月，张爱玲没有度日如年，反而是光阴如飞。也许女子到了这个年龄，已经不需要一个替她画眉的男子。所以，没有爱情的日子，已经不再感到有缺憾。那时的世界并不太平，无论是欧洲国家、美国，还是中国，都风烟浩荡，喧闹无比。而张爱玲却避开这一切，走入自己的灵魂，掩上心门，从此不问外界车轮滚滚，人海茫茫。

时光倒回至一年前，1966年。因为一个叫平鑫涛的人，张爱玲的命运被重新安排。这个人，她一生都没有见过，却让她沉寂多年的作品找到了舞台。平鑫涛，这是一个大家都熟悉的名字，他是当年中央书局老板平襟亚的侄子，此外还是台湾皇冠杂志社、皇冠出版社的负责人，亦是著名女作家琼瑶的丈夫。

由于夏志清文章的影响，张爱玲的名气在台湾读者中已掀起一波热潮。当平鑫涛从宋淇那里听到张爱玲这个名字时，觉得又亲切又高兴，可以为她出版作品，真是荣幸至极。而张爱玲听到可以跟"皇冠"合作的消息，甚为惊喜。那时她所有的时间都在照料赖雅，就连合同都是夏志清代签的。

签约后，张爱玲在"皇冠"出版的第一部作品是《怨女》，此书一出，即在岛上泛起波澜，直至掀起几十年肆意汪洋的涛浪。可以说，是平鑫涛为张爱玲重新创造了传奇。她晚年的传奇，就是从1966年开始的，直至走向生命的最后。这个过程很漫长，数十载真切的光阴。这个过程亦很短暂，不过几度花开花落。

《怨女》出版后不久，"皇冠"趁势扬帆，接连出版《秧歌》《张爱玲短篇小说集》《流言》《半生缘》等。张爱玲就这样，在台湾找到了属于她的那片天空，尽管她人在美国，却用文字执掌风云。当年上海滩的盛况，在台湾重现。这个曾经穿着华美旗袍，行走在霓虹灯下的佳人，如今已不再年轻。但她的文字不但不会老去，甚至经过流年的点缀，世事的装饰，更加地尽善尽美。

曾经孤高傲世的张爱玲，经历了一段为生存而写作的艰辛岁月后，对平鑫涛的慧眼独具深为感激。她后来在给夏志清的信上说："我一向对出版人唯一的要求是商业道德；这些年来皇冠每半年版税总有二千美元，有时候加倍，是我唯一的固定收入。"确切地说，是"皇冠"给了张爱玲稳定的收入，让她可以不再为生活烦忧，可以让她晚年过着闲隐的生活。这些收获，是命运给一个卑微的作者该得的报偿。

平鑫涛对张爱玲亦十分欣赏和尊重，他后来回忆："张爱玲生活简朴，写来的信也是简单之至，为了不增加她的困扰，我写过去的信也都三言两语，电报一般，连客套的问候都没有，真正是'君子之交淡如水'。为了'快一点'联络上她，平日去信都是透过她住所附近一家杂货店的传真机转达。但每次都是她去店里购物时才能收到传真，即使收到了传真，她也不见得立刻回信，中间可能相隔二三十天。我想她一定很习惯这种平淡却直接的交往方式，所以，彼此才可以维持三十年的友谊而不变。"

君子之交淡如水，的确，清淡的交往反而可以久长。其实在张爱玲和"皇冠"的合作上，就可以知道，她是个长情的人，或者说，她是一个讨厌繁复的人。尤其到老的时候，她不与人交往，而平鑫涛尊重她的这种方式，理解她的处境，所以，张爱玲愿意将文字托付于他，直至终结。但张爱玲年老时反复搬家，又让人觉得她是个不安定的人。其实正是因为她太想要安定，所以才会选择频繁迁徙，她内心恐惧，她怕任何的纠缠。哪怕是一片落叶，一缕风声，对她来说，都是无端的惊扰。

"撇开写作，她的生活非常单纯，她要求保有自我的生活，选择了孤独，甚至享受这个孤独，不以为苦。对于声名、金钱，她也不看重。……和张爱玲接触三十年，虽然从没有见过面，但通的信很多，每封信固然只是三言两语，但持续性的交情却令我觉得弥足珍贵……"这段话亦是平鑫涛说的，可见他了解张爱玲，他珍惜这个不曾谋面的女子。

赖雅离世后，张爱玲的生活没有什么变动，除了修改旧作，她的精力主要放在翻译《海上花》和写作《红楼梦魇》上。1969年，她还转入学术研究，应在加州大学伯克利分校主持"中国研究中心"的陈世骧教授的邀请，去那里担任高级研究员。可见这时候的张爱玲尽管关闭了心门，但她还没有彻底与世隔绝。等到她把风景看透的时候，就再也不会看一眼人间那杯凉却的茶。

然而这份工作对张爱玲来说，也只是轻描淡写的一笔。对她来说，这份工作虽然合适，但也无多少兴致。尤其在人际关系上，张爱玲依旧我行我素，从不按时上班。在那里工作的人，几乎难得与她碰面。偶尔遇到了，也只是匆匆一眼，便擦肩而过了。

有一个负责为张爱玲做一些辅助工作的人，叫陈少聪，他写过一篇

《与张爱玲擦肩而过》，其中有这么几段话："我和她同一办公室，在走廊尽头。开门之后，先是我的办公园地，再推开一扇门进去里面就是她的天下了。我和她之间只隔一层薄板，呼吸咳嗽之声相闻。她每天大约一点多钟到达，推开门，朝我微微一粲，一阵烟也似的溜进了里屋，一整个下午再也难得见她出来。我尽量识相地按捺住自己，不去骚扰她的清静……"

"深悉了她的孤僻之后，为了体恤她的心意，我又采取了一个新的对策：每天接近她到达之时刻，我便索性避开一下，暂时溜到图书室去找别人闲聊，直到确定她已经平安稳妥地进入了她的孤独王国之后，才回到自己的座位来。这样做完全是为了让她能够省掉应酬我的力气。"

这样传神的描写，足以让人看到一个真实的张爱玲。她孤僻，敏感，矜持。而大家对于这样一个女子，都能够十分理解，甚至尽可能地免去对她的打扰，给予她尊重和恭敬。她居住在那个属于她一个人的城里，这个世界的一切对她来说，只是一场莫名的喧哗。她在抗拒，因为这个世界再也给不起她任何惊喜。没有她想要的，也没有她眷恋的人和事。

最后，这份工作她也无法做下去了。陈世骧看到她递交的研究报告，"所集词语太少，极为失望"。陈世骧又把报告给另外三位学者看，都说看不懂。面对这样的结果，张爱玲亦不气恼，她从来不期待那么多人的懂得。在她的心里，只藏着那么几个人，而大多数人的看法，她自是不屑。离开对她来说，是解脱。

其实在加州的生活，对她来说是很合适的，简约安稳。这些年，张爱玲算是把沧桑过尽，她太需要安稳了。在这里她每天伏案写作，与文字诉情怀，以月亮为知音。没有人可以惊扰她，"皇冠"给她带来的稿酬，能够令她安享宁静。在台湾，她已经获得了许多作者穷尽一生想要的地位。

张爱玲就这样在读者心中生了根。她成为民国的传奇，许多人，为了这个传奇，将之寻访。倘若这些人不这样将她惊扰，让她活在自己的孤岛里，寂静无声，或许她的晚年还可以过得平静些，可以更加从容笃定。可她像蝼蚁一样，害怕尘世的一切风和雨，为了一个简单的巢穴，惊恐不安地奔走。

明明是一朵雪色梨花，奈何被世间风云扑簌簌地落满尘埃？其实她是不怕的，如果真怕了，她会与世诀别。但她依旧倨傲地活着，活得那么坚定，那么孤独。像听留声机那首经典老歌一样，重复旋转；像种在深深庭院里的那株梧桐，守着残缺的岁月，迟迟不肯老去。

倦掩心门

她想要的，以及她所拥有的，尽管不是那么多，
但她已无欲求了。她希望自己用瘦弱的笔、洁净
的心，做完那场未了的"红楼梦"。

曾经说过，许我在一个被遗忘的小镇，被人遗忘地活着。如何才能
被人遗忘？又如何才可以彻底远避尘嚣？在云崖水畔筑一间茅庐，于深山
幽林寻一座庙宇，或在乡野古道设一处柴门。这不是真隐，因为伫立于苍
茫寂静的天地间，你会感到自己原来是那么端然，那么突兀。古人说，大
隐隐于市。真的要被人遗忘，莫如隐于红尘，在喧腾的车马与繁芜的人海
中，你就是渺小的尘粒，太微不足道了。

许多人对于晚年张爱玲的生活方式不能理解。她为何要一个人躲藏在
异国他乡，过着与人隔绝的生活？她是在闲隐吗？如果一个人内心平静，
又何惧碌碌尘寰的风和雨？赖雅死后，张爱玲和皇冠出版社合作，她有足
够的钱来过安稳的生活。她甚至可以回国，回到她喜爱的上海，找一间典

雅的公寓，过着她想要的生活。旗袍裹身，红茶点心，和姑姑张茂渊，过着"躲进小楼成一统，管他冬夏与春秋"的日子。

可她不要，她偏生要遗世，她不是隐居，她是在逃离。其实张爱玲是岁月的勇者，毕竟她是孤独安然老去，没有提前了结自己。她不愿意回故土，不愿意行走在阳光下，是因为她觉得人生得意马蹄疾的大好时光远去了。她不想做无谓的哀悼和惋惜，所以她选择自由散漫地活着。或许连她自己都不知道为什么。

在加州，张爱玲还破例长时间接待过一个执着的访客。这一次之后，她定居洛杉矶，就再也没有和谁长久地接触了。这个幸运的访客，叫水晶，原名杨沂，台大外文系毕业，于美国加州大学任教。1970年9月，他得到去伯克利分校进修一年的机会，所以和张爱玲有了这段相见的缘分。

水晶在台大读书时就十分迷恋张爱玲的作品，听说好友王祯和曾经在台北接待过张爱玲，羡慕不已。这次有幸和她近在咫尺，不想就这样轻易擦肩。可是他不知道，要见上张爱玲一面，竟是如此之难。他几番上门求见，拨打电话，都被张爱玲婉言拒绝。在他行将离开伯克利分校的时候，却意外收到张爱玲的信，说希望在他动身前见一面。

水晶感谢上苍的恩宠，让他终于可以和张爱玲有这一面之缘，并且有了长达七个小时的畅谈。张爱玲初次见胡兰成，也不过交谈了五个小时。

这位水晶先生，真是得到她的厚待。走进张爱玲寓所，水晶想起胡兰成的话，见着张爱玲，世界都要起各种震动，她的房里是有兵气的。然而真见着了，又和想象的大为不同，那种感觉难以用言语表达，只觉被她深深慑服。

水晶先生用他细致的笔触，描写了张爱玲的房间："她的起居室犹如雪洞一般，墙上没有一丝装饰和照片，迎面一排满地玻璃长窗。她起身拉开白纱幔，参天的法国梧桐，在路灯下，便随着扶摇的新绿，耀眼而来。远处，眺望得到旧金山的整幅夜景。隔着苍茫的金山湾海山，急遽变动的灯火，像《金锁记》里的句子：'荧荧飞着一颗红的星，又是一颗绿的星。'"

水晶见到张爱玲的时候，她已经年过半百了，通过他的文字我们可以很清晰地看到五十一岁的张爱玲模样："她当然很瘦——这瘦很多人写过，尤其瘦的是两条胳臂，如果借用杜老的诗来形容，是'清辉玉臂寒'。像是她生命中所有的力量和血液，统统流进她稿纸的格子里去了。"

说得多么好，仿佛张爱玲所有的一切，都流进稿纸的格子里去了。她的灵魂，却在她大而清炯的眼睛里。然而历尽沧桑的张爱玲，并没有以憔悴漠然的姿态，接见她的读者。她穿着高领圈青莲色旗袍，她微扬着脸，斜欠身子坐在沙发上，逸兴遄飞，笑容可掬。

　　"她的笑声听来有点腻搭搭，发痴嘀嗒，是十岁左右小女孩的那种笑声，令人完全不敢相信，她已经活过了半个世纪。"也许不能近距离接触张爱玲，真的无法知道她的模样。她自是与寻常人不同，而那种别样气质，唯有真正相见，才能深刻感知。但我相信，已经没有人可以走进她的内心，或许从来就没有人走进去过。

　　这一次漫长的交谈，涉及的话题很广泛，亦很深入。主要提及的是一些作品，如《半生缘》《怨女》《歇浦潮》《海上花》《倾城之恋》《第一炉香》《金瓶梅》等。张爱玲还提及了五四以来的作家，她非常喜欢读沈从文的作品。又谈到了一些台湾作家，她觉得台湾作家频繁相聚，其实很不好。她认为作家还是分散一点好，避免彼此受到妨碍。

　　在这次谈话中，张爱玲频频喝咖啡。她甚至告诉水晶，她其实很爱喝茶，只是在美国买不到好的茶叶，所以只能喝咖啡。以前胡兰成说过，张爱玲喜欢泡一大杯浓浓的红茶，在午后捧一本闲书，吃着点心。其实她骨子里喜欢的是那种安逸日子，很中国，很传统。只是人生颠沛，给她换成了这种散漫的方式，她亦要迎合，孤注一掷地走下去。

　　这次漫长的谈话，对张爱玲来说，是人生中几乎仅有的一次。而朋友间的会面，有时终生仅有一次。她之所以接见水晶，其实也不过是巧合，是她偶然兴起。于她是偶然，是无意。而对于水晶，却是刻骨铭心，永生不忘。

后来他写一篇文章《蝉——夜访张爱玲》，他给了张爱玲一个绝妙的比喻。"我想张爱玲很像一只蝉，薄薄的纱翼虽然脆弱，身体的纤维质素却很坚实，潜伏的力量也大，而且，一飞便藏到柳荫深处。"只是，躲在柳荫深处的张爱玲，却总是一鸣惊人。我们时常被她文字里的声音所震撼，所感动，却又不知她身在何方，不知她是否真的安好。

1973年，张爱玲定居洛杉矶。自此掩上最后一重心门，红尘世事不过问。张爱玲请庄信正先生帮她寻找合适的住处，庄信正帮她找到的一处公寓是在好莱坞区。有了安定的住所，张爱玲彻底静下心来翻译《海上花》和研究《红楼梦》。

《海上花》全书的对白都用苏州话写成，对于不懂方言的读者来说，可谓是天书了。而张爱玲将《海上花》译为中文版和英文版。正是她的努力与坚持，填补了许多人心中的遗憾与空缺。

而最艰辛、最磨人的当属对《红楼梦》的考证。张爱玲说过，人生有三恨：一恨海棠无香，二恨鲥鱼多刺，三恨《红楼梦》未完。张爱玲自觉人生已无多色彩，该来的来过，该走的走了。她想要的，以及她所拥有的，尽管不是那么多，但她已无欲求了。她希望自己用瘦弱的笔、洁净的心，做完那场未了的"红楼梦"。

张爱玲的好友宋淇隔些时日就会在信上问张爱玲："你的《红楼梦

魇》做得怎么样了？"似乎这场梦，永远都无法醒转，永远都是那么意犹未尽。张爱玲对《红楼梦》的研究，历时整整十年，1977年，二十四万余字的《红楼梦魇》终于由皇冠出版社出版。在感受收获喜悦的同时，她的心亦无比空落，因为她人生的目标又少了一个。

十年风雨，十年故事，她的人生还有几个十年，还有几个开始？"散场是时间的悲剧，少年时代一过，就被逐出伊甸园。家中发生变故，已经是发生在庸俗黯淡的成人的世界里。而那天经地义顺理成章的仕途基业竟不堪一击，这样靠不住。看穿了之后宝玉终于出家，履行从前对黛玉的看似靠不住的誓言。"

誓言终究靠不住，无论是否兑现，都别去计较。在一出戏锣鼓喧天地开幕时，就要知道散场后灯火尽消的冷清。每个人的人生都有遗憾，曹雪芹遗憾《红楼梦》未完，张爱玲遗憾那篇未了的《小团圆》。

张爱玲用余下的日子来整理她的《对照记》。收录一些真实的过往，记载那些散淡的流年。张爱玲后来经历无数次搬迁，丢弃了许多东西，唯独那本脱了线，蒙了尘的旧影集，一直相伴。著名作家李碧华说："此批幸存的老照片，不但珍贵，而且颇有味道，是文字以外的'余韵'。……捧在手中一页页地掀，如同乱纹中依稀一个自画像：稚嫩、成长、茂盛、荒凉……"

时光是一面镜子，坐于镜前，可以看到一生悄变的容颜，经历的路程，走过的人流，发生的故事。只是你无从修改，只能看着，看着，直到镜中的影像，模糊不清，直到有一天，再也不存在了。

离群索居

她本该过上岁月悠闲的日子，过着安稳平静的生活，一杯茶，几本书，三五知己偶聚。可她没有，她选择遗忘所有的人，也期待被人遗忘。

世间曾有张爱玲，世间曾有一个这样传奇的女子，曾经那样来过，又那样走了。民国，听上去离我们好遥远。那么多年的朝云暮雨，那么多年的春来秋往，荒芜了多少故事。张爱玲，这个家喻户晓的名字，亦像是来自久远的传说，让我们无从触碰。其实她离我们很近，许多活着的我们，曾与她同存于世上十年，二十年，甚至更久。

20世纪80年代，张爱玲依旧沉静在洛杉矶那座浩荡磅礴的城里。而那时的中国，也在无数场惊涛骇浪后，渐渐归于平静。被时代湮没了数年的张爱玲重新归来，她的文字被大陆的读者争相传诵。对于张爱玲来说，这是一份迟来的爱，尽管她早已不在乎，但她还是给了我们许多迟到的祝福。

关于张爱玲这个名字，关于张爱玲作品中的许多锦句，关于她写过的故事，以及她生平所经历的情缘，被如流的读者，所寻找，所追捧，所珍藏。而张爱玲远在异国他乡，对于这繁闹的一切，不闻不问。王摩诘曾写过一句诗："晚年唯好静，万事不关心。"或许人到了一定年岁，所有该放下的，不该放下的，都会放下。

那时候的张爱玲，究竟在洛杉矶做些什么？1979年，姑姑张茂渊几经辗转，终于在宋淇的帮助下，给张爱玲写去了失联多年后的第一封信。之前有说过，张茂渊独守空闺五十载，最后终于和她的初恋情人李开第结成连理。这一年，正是1979年。

张爱玲听到这则消息，很是欣慰。她曾说过，她相信姑姑一定会结婚，哪怕到了八十岁也会。果然，张茂渊在人生黄昏找到了属于自己的归宿。而她这些年竟一直居住在爱玲走时的那个叫卡尔登的公寓。想不到，这个时尚女性竟如此执着，念旧。

后来弟弟张子静也跟张爱玲联系上了。比起张爱玲，张子静似乎更加孤苦。他这一辈子，父母不疼爱，姐姐不亲密，姑姑不怜惜，庸淡一生，终身未娶。那时候父亲张廷重早已过世，而继母孙用蕃独自艰难地度着余年。张爱玲对弟弟张子静一如既往地冷淡，或许这就是她的处世方式。在胡兰成那里，她的做法是无情，而她亦觉得对故土的牵挂实在太少。

那时候的张爱玲，在祖国算是风生水起。可是居住在洛杉矶的她，日子过得并不安稳，并不太平。那时候，她频繁忙碌地做着一件事，就是搬家。从1984年至1988年那几年里，据说她平均每个星期搬家一次。可见晚年的张爱玲遭受了多少罪，过得有多累。

她为什么要如此频繁地搬家？是为了躲人，为了躲世界，还是怕什么？很难想象，她居然是为了躲跳蚤。生命是一袭华美的袍，爬满了蚤子。没想到，这句年轻时写下的惊艳句子，却成了诅咒似的，应验在身。一周搬一次家这肯定不真实，但足见她搬家的次数，实在太过惊人。

张爱玲曾写信给夏志清说："天天上午忙搬家，下午远道上城（按：主要去看医生），有时候回来已经过午夜了，最后一段公车停驶，要叫汽车——剩下的时间只够吃睡……"那时的张爱玲主要居住在汽车旅馆，环境简洁，这对她来说倒也方便。为了减轻负累，她尽可能地丢弃一些身外之物。后来搬家成了习惯，能够留下的东西，屈指可数了。

庄信正先生很担心张爱玲的健康，于是托朋友林式同照顾张爱玲。第一次，林式同带着庄信正的信找到了张爱玲居住的旅馆，按了门铃，里面的人只开了一条细细的门缝。她说很抱歉，没有换好衣服，把信放门口就好。林式同照做了，他一点也不了解里面居住了一个怎样的女人，只是留给他一种无比神秘的感觉。

张爱玲是真的离群索居了，她下了决心，过往的人一概不见。直到一年后，频繁搬家、不愿与人多打交道的她，只能求助于林式同。他们在一家汽车旅馆见面，据林式同回忆："走来一位瘦瘦高高、潇潇洒洒的女士，头上包着一幅灰色的方巾，身上罩着一件近乎灰色的宽大的灯笼衣，就这样无声无息地飘了过来。"

张爱玲为了躲跳蚤，只能剪掉头发，包上头布，穿着毛拖鞋。此后躲跳蚤的几年里，她都是这样的装扮，或戴个假发，像个流浪的老人，飘忽来去。这期间，她不但把《海上花》的英译稿给弄丢了，甚至连移民的证件都弄丢了。如此狼狈潦倒，真是让人痛心。

当时很多人怀疑，到底是真的有跳蚤存在，还是她有心理问题。张爱玲解释，南美种的蚤子非常顽强，小得肉眼看不见，根本就杀不净。后来，一位美籍华人，哈佛研究生司马新，通过夏志清和张爱玲结识。他辗转托人在洛杉矶找了一位名医，给张爱玲看病。果然，张爱玲的病看好了，爱玲写信盛赞那位名医"医道高明，佩服到极点"。

这位可怜的老人，总算结束了一段艰苦的搬家生涯。1988年，张爱玲写信告诉林式同，皮肤病终于好了，可以替她找固定住所了。不等林式同出现，她自己已经找了一处公寓，住了下来。这公寓比起那些汽车旅馆自是整洁优雅了许多。当然价格也昂贵，一个月好几百美元。

张爱玲有稳定的稿费，她不缺钱，她缺少的只是安定。在这里，她依旧小心翼翼地过着日子，尽量避免出门。偶尔出门，也只是购物，她一次性购满许多所需的生活物品。去楼下取信的次数也极少，十天半月难得一次，并且每次都是夜深人静时，她不想见任何人。每天，她躲在屋子里，看着电视里的人，听着里面的声音。她的世界，可以说是彻底地安静了。

然而，不与世争的她，还是被人打扰了。这个人是张爱玲的崇拜者，来自台湾的戴文采。据说她是台湾某报社的记者，但无论她是谁，她如此刻意地去惊扰一个只想着离世绝尘的老人，做法实在有些欠妥。

当戴文采几经波折，终于找到张爱玲所住的公寓时，她毫不犹豫地租住了张爱玲隔壁的那间房，开始漫长的等待。结果这一等，就是整整一个月。她每日贴着墙壁，试图听张爱玲房里的一些动静。终于，她等到了一次机会，那就是张爱玲出来倒垃圾。

"她真瘦，顶重略过八十磅。生得长手长脚，骨架却极细窄，穿着一件白颜色衬衫，亮如洛佳水海岸的蓝裙子，女学生般把衬衫扎进裙腰里，腰上打了无数碎细褶，像只收口的软手袋。因为太瘦，衬衫肩头以及裙摆的褶线始终撑不圆，笔直的线条使瘦长多了不可轻侮……我正想多看一眼，她微偏了偏身，我慌忙走开，怕惊动她……因为距离太远，始终没有看清她的眉眼，仅是如此已经十分震动，如见林黛玉从书里走出来葬花，真实到几乎极不真实。岁月攻不进张爱玲自己的氛围，甚至想起绿野仙踪。"戴文采在不能清晰地看清张爱玲眉目的情况下，竟做出了如此细致的描写。张爱玲是民国的临水照花人，戴文采所看到的，也只是水月镜花，如一场梦幻。

这个执着的女子，不甘心一个多月的等待一无所获。于是她把垃圾桶里张爱玲刚丢下的全部纸袋用树枝钩了上来，在那些垃圾里忘我地翻找着。除了知道张爱玲一些生活上的琐事，以及看到几张废弃信纸及稿纸外，再无其他。而戴文采却把这些垃圾看得如珍似宝，洋洋洒洒地写下一篇采访记：《我的邻居张爱玲》。

后来这件事被夏志清知道，他怕伤害到张爱玲，立刻打电话给庄信正。庄信正不敢怠慢，打电话给张爱玲，平时不接电话的她竟心有灵犀接通了。她听了之后，立即挂断电话，用最快的速度搬家。就这样，张爱玲在戴文采的眼皮底下，无声无息地搬走了。除了林式同，再也没有人知道她的住址了。

这个孤苦无依的老人，为了躲避世事纷繁，过得实在太辛苦了。她本该过上岁月悠闲的日子，过着安稳平静的生活，一杯茶，几本书，三五知己偶聚。无关风月，只淡淡地讲述一些过往的风云旧事。可她没有，她选择遗忘所有的人，也期待被人遗忘。

纯粹、疏离、静谧，就真的那么难吗？如果人间答应许她最后一个诺言，那就是被遗忘地活着。她愿意用剩余的残年和这个慈悲的人间妥协。

急景凋年

生死对她来说，如同花开花落，太过寻常。她从来不害怕自己哪天会突然死去，生命只是一种简单的存在，丢下尘世的包袱，便都不重要了。

别再追问我在哪里，我们都为了自由地活着，散落在天涯。人生一梦，白云苍狗，今朝你看见繁花似雪，明日已被尘土深埋。时间将我们宰割，所有人都将忍受凌迟。这不是残忍，所有的光阴都是被我们自己挥霍的，没有谁可以取代谁。

晚年的张爱玲，要做的就是彻底丢下身外之物。但她似乎什么都可以丢下，感情、名利、世事，唯独不肯丢弃的是她的文字。因为上次被戴文采骚扰，张爱玲犹如惊弓之鸟，她对外界的警惕性更高了。她现在的住址绝对保密，连她最亲的姑姑都不告诉。

张爱玲这次居住的公寓，也没能住得长久。她有一次过街，被一个中南美洲的青年撞倒，摔坏了肩骨。她去看了医生，幸无大碍。之后没多久，她所住的公寓搬来了一些南美和亚洲移民。因为他们素质不高，所以卫生习惯很不好，甚至还有人养了猫狗，招来虫蚁。这让张爱玲难以忍受，她再次给林式同写信要求搬家。

张爱玲一直不喜欢动物，她觉得动物和人有相似之处，有骨血，就有了杂念。所以，她宁愿养几盆花草，她觉得草木有灵性。但自从离群索居后，她便什么也不想要了，只留几样物品，伴着她颠沛流离，却也没有感情，只不过需要用着而已。

1991年7月，林式同帮张爱玲找到了一个合适的公寓。公寓足够新，没虫。张爱玲被蚤子吓怕了，年迈体弱的她再也禁不起那样的骚扰。张爱玲新住的公寓，房东是伊朗人。林式同开车来陪张爱玲一同签合同，而这一次，是林式同认识张爱玲多年来的第二次相见。这些年，张爱玲只与他保持电话或信件联络，不到万不得已，她不愿意惊扰任何人。

林式同是个古道热肠的人，尽管他是个建筑师，对文字一无所知，但他对这位倔傲的老人，有种莫名的倾慕和敬佩。多年前，他们不相见，但只要张爱玲需要帮助，他毫不迟疑。他帮张爱玲找房子，补办遗失的证件，他将自己的住址作为张爱玲永久的地址。他从不轻易跟任何人透露张爱玲的境况，关于她的一切事情都对外界保密。

所以，张爱玲对林式同是绝对信任的。在美国，她没有亲人，最后的十余年，林式同也算是她唯一的亲人了，也是她晚年联系最多的人，她甚至很喜欢跟他聊天，虽然她决意不与人往来，但她也会寂寞。林式同亦把她当作一位孤独的老人，所以对她所提的要求，都尽一切能力满足。

有那么一次，她突然向林式同问起：三毛怎么自杀了？林式同没有回答，因为他根本就不知道三毛是谁，更不知道这世上还有那样一个与张爱玲相似，却又截然不同的女子。而张爱玲也只是漫不经心地问起，对她来说，这世上谁活着，谁死了，都不那么重要了。

张爱玲的新居是单身公寓，在西木区。这里环境虽好，但是太过安静了些。张爱玲不喜欢太寂静的地方，她喜欢喧闹一些，热闹让她觉得安全。这也许就是大隐隐于市吧，静中的岁月尤其漫长，而且让人觉得寂寥。但她还是住了下来，或许是年岁已大，她再也受不起多少折腾。

张爱玲给自己的邮箱上用了一个假名Phong，越南人的姓。她告诉房东，外面传言她发了财，她怕那些亲戚找上门来借钱。Phong是她祖母的名字，在中国很普通，不会引起注意。可见她为了躲避世人，真是煞费苦心。而这信箱也只是一个月才开启一次，总是塞得满满的，她已经不在意这些了。

因为她频繁搬家，和上海的弟弟张子静便断了联系。有一次，张子静在报纸上看到一行字，已故女作家张爱玲……当时他悲伤不已，后来几经辗转，才和张爱玲联系上，悬着的那颗心算是放下了。这么多年，张子静已经习惯了姐姐的冷漠，在他心里，只要知道她还活着，她还在就好。

后来听闻姑姑病了，张爱玲还是不回上海。上海对她来说已是一座过去的城，那些发生过的故事，已是前生。她几乎已经不记得一些事，一些人，就算偶然想起，也没有感觉。一个人把日子过到这份上，也算是一种修为。

1991年，张爱玲的好友炎樱去世。这位陪伴了她半个世纪的朋友，尽管后来这些年她们有所疏远，但是在张爱玲心中，她一直很重要。同年6月，张爱玲的姑姑张茂渊在上海逝世。姑姑算是张爱玲在世上最亲的亲人了，她们曾经相伴那么多个日夜。只是真的太久远了，她努力地回忆，终究还是记不起。

生死对她来说，如同花开花落，太过寻常。她从来不害怕自己哪天会突然死去，亦不企盼那个日子的到来，因为她知道，因果早已注定。所以，她让自己孤独地活着，有一年算一年，有一天算一天。生命只是一种简单的存在，丢下尘世的包袱，便都不重要了。

1992年，林式同突然收到张爱玲寄来的一封重要信件，居然是张爱玲的遗嘱副本。遗嘱的内容是：一、所有私人物品留给香港的宋淇夫妇；二、不举行任何丧礼，将遗体火化，骨灰撒到任何空旷的荒野。遗嘱的执行人为林式同。

　　也许张爱玲怕自己的举措会让林式同感到突兀，她在信中解释道：在书店里买表格就顺便买了张遗嘱，免得有钱剩下就会充公。事实上，张爱玲看着身边的人一个个离去，消散在时光的烟尘中，她知道，自己离那一天也不远了。尽管她无意生死，但她依然要为自己的身后事做好妥善的安排。

　　然而她不知道，在她离世之后，皇冠出版社等多家出版社为张爱玲著作的版权打起了无穷无尽的官司。只是输赢胜败与她再也没有任何瓜葛。她把自己托付给了死神，而活着的人，也只是为了自身的使命活着。对于他们不由自主的争夺，张爱玲能够深深理解，因为她也曾认真而努力地活过。

　　尽管张爱玲这交代看似无意，但还是让林式同感到惊讶。他在《有缘得识张爱玲》里写道："一看之下我心里觉得这人真怪，好好的给我遗书干什么！……遗书中提到宋淇，我并不认识，信中也没有说明他们夫妇的联系处，仅说如果我不肯当执行人，可以让她另请他人。我觉得这件事有点子虚乌有，张爱玲不是好好的吗？我母亲比她大得多，一点事也没有……"林式同没有答复她，因为在他看来，这还是件很遥远的事，他甚至把这事给忘了。

　　写完这封信的张爱玲，又把自己藏在云深不知处的地方。就连林式同，张爱玲也很少再联系，他亦不知道后来那几年，张爱玲到底是怎么过的。张爱玲依旧和从前一样，虽处红尘，却好似幽居深谷。偶尔出去散步，买点日用品，去几次书店，见到邻居亦不喜打招呼。

但张爱玲还不能彻底做到从容，在她的心里，还有未了之事，那就是她一生的知己——文字。除了编那本图文并茂的《对照记》，就是重写那本自传性质的长篇小说《小团圆》。她希望有一天走后，还能给这世上留下一些关于她的什么。《小团圆》这本书稿，原定在1993年完稿，后来为了让《对照记》先出版，就给耽搁了，成了一个没有写完的故事。

《小团圆》成了张爱玲的神秘作品，这部创作历时二十多年的作品，直至张爱玲去世仍未完成，况且此前手稿从未曝光，仅有好友宋淇、皇冠出版社社长平鑫涛等少数人看过。张爱玲曾在遗嘱中要求销毁，但在她过世十四年之后，《小团圆》到底还是由皇冠出版社于2009年2月26日出版了。

张爱玲曾经说过："这是一个热情故事，我想表达出爱情的万转千回，完全幻灭了之后也还有点什么东西在。"只是这个故事，她终究没有热情地讲完。如今我们所看到的《小团圆》，亦不知到底是哪一稿。但是，千万个张爱玲的忠实读者，可以在这本书里找到许多关于她的真实故事，以及那些存在过，却已经无法触摸的影子。

1994年，张爱玲的《对照记》获得台湾"中国时报"文学奖"特别成就奖"。为此，她拍了一张照片，也是她留给世人的最后影像。我们看到，那时的张爱玲已是秋水苍颜，她很清瘦，双目仍有神。她手中握着的一卷报纸上，竟赫然印着"主席金日成昨猝逝"的黑体大字。看罢让人惊心，她是在给我们传递一个死亡的信息吗？

后来，张爱玲决定将这张照片放在《对照记》再版时的最后一页，并补写了一段旁白：写这本书，在老照相簿里钻研太久，出来透口气。跟大家一起看同一头条新闻，有"天涯共此时"的即刻感。手持报纸倒像绑匪寄给肉票家人的照片，证明他当天还活着。其实这倒也不是拟于不伦，有诗为证。诗曰：

> 人老了大都
> 是时间的俘虏，
> 被圈禁禁足。
> 它待我还好——
> 当然随时可以撕票。
> 一笑。

浮生一梦，几度清欢。张爱玲别致而又华丽的人生，在一本《对照记》中行将谢幕。这是一个娑婆世界，熙熙攘攘，来来往往，唯有放下，才能自在。

最后一世

她就那样无声无息地死了，没有任何人知道。想
来她是死在那个有月亮的晚上，她和那剪清凉的
秋月，结了一世的情缘。

"对酒当歌，人生几何？譬如朝露，去日苦多。"近两千年前，曹操
的诗就写尽了人生况味。帝王将相今作古，斗转星移物成空。只是岁月山
河依旧在，人间日月亦长存。那些没有讲完的故事，永远不会结束；没有
转世的灵魂，永远不会老去。

张爱玲的《小团圆》，耗费了二十多年的光阴，经历二十多个春秋的
梳理，终究还是没能写完。也许是韶光逼得太紧，也许是她刻意的安排。
一本未书写完的书，仿佛她在这世间还有未了的心事，未尽的尘缘。只是
苍茫人海，谁来做那个撩开迷雾的人？

这个冬天不再像往年那样漫长，下了几场雪，喝了几壶咖啡，日子

就过去了。料峭的春寒一走，就迎来了葱茏的盛夏。张爱玲原本是不喜欢夏日的，觉得过于烦闷，过于悠长，如今却觉得这个季节简单而纯粹。适合一个妙龄女子，着一袭雪纺旗袍，折一枝翠柳，唱一段水磨调婉转的昆曲。而她慵懒地倚着一扇小窗，看别人的云霞风片，锦瑟良辰。

这些念想都只是暂时的，她的心开始不安宁，很纷乱。1995年5月，安静了许久的张爱玲又给林式同写了信，再次要求搬家。说想搬到亚利桑那州的凤凰城，或内华达州的拉斯维加斯去。这两个地方都是沙漠，或许她认为茫茫沙漠里，才是最洁净的地方。

林式同这次没有尊重她的意见，他认为年老体衰的张爱玲经受不起那样的气候。不多久，张爱玲又给林式同打电话说皮肤病犯了，连衣服都不好穿，整日要照紫外线灯。她的体质已经很弱，经常感冒，一旦患上，久久不得好。张爱玲问林式同可否在洛杉矶找一处新建的房，林式同说，等7月租期到之前，一定帮她找一个舒适安稳的住处。

可这次之后，张爱玲便再也没有拨过林式同的电话。为了不给她带去更多的惊扰，他亦没有再询问关于房子租住的事。林式同实在想不到，那一次竟是他和张爱玲最后一次通话。这个在美国默默关怀了张爱玲十多年的人，对于她的离世，必定无比痛心。

1995年中秋节前夕，这一天和往常一样，平静、简单，但林式同接到了一个令他心惊的电话，是张爱玲房东的女儿打来的，她告诉林式同，那个租住在公寓里的中国女子，大概已经去世了。林式同不信，他想起前段时间还和她通过电话，那时候的她还与往常一样，闹着要搬迁呢。

无论他怎样生疑，他心里已经知道，张爱玲死了是事实。当他匆忙赶到罗契斯特街公寓时，见警察和房东正在忙碌。据法医鉴定，张爱玲死亡已有六七天，死因是心血管疾病。这个死亡来得有些突然，尽管张爱玲素日有许多小病，但林式同不知道她还有心血管疾病。

林式同告知了自己的身份，警察允许他走进张爱玲的房间，这也是他唯一一次走进张爱玲的私人空间。一切都那么静谧安详，日光灯开着。张爱玲穿着赭红色旗袍，安详地躺在空旷大厅中的精美地毯上。身上没有盖任何东西，手脚自然平放，她是那么瘦弱，那么孤独，又是那么平静，那么傲然。

她的房舍真的很简单，洁白的墙壁，没有任何装饰品。桌几上还有几张散落的稿纸，以及一支笔。仿佛她在死前想要写下曾经说过的一句话："长的是磨难，短的是人生。"一切都那么简洁，她带走了所有的磨难，能留下的东西已经不多。

一个手拎袋里，装着几篇散稿，还有一部永远不能完成的手稿《小团圆》。或许她死之前，自己是有感应的，她把东西安放好，只带走那个空落的灵魂。就这样，一代才女张爱玲死在了洛杉矶的一间公寓里。

她喜欢公寓的生活,她曾经在《公寓生活记趣》中写道:"厌倦了大都会的人们往往记挂着和平幽静的乡村,心心念念盼望着有一天能够告老归田,养蜂种菜,享点清福,殊不知在乡下多买半斤腊肉便要引起许多闲言闲语,而在公寓房子的最上层你就是站在窗前换衣服也不妨事。"

这个孤独的老人,晚年过得并不安稳。不停地更换住所,不断地逃避世人。吃快餐食品,一直开着电视机。她怕寂寞,喜欢热闹,却又隔绝一切烟火。她就那样无声无息地死了,没有任何人知道。想来她是死在那个有月亮的晚上,有人说她是一个和月亮共进退的人。她在中秋后几日出生,于中秋前几日死去。她和那剪清凉的秋月,结了一世的情缘。

她在《金锁记》的最后写道:"三十年前的月亮早已沉了下去,三十年前的人也死了,然而三十年前的故事还没完——完不了。"是的,她离尘而去,但是有关张爱玲的故事,有关张爱玲的传奇,永远不会结束。而那轮与她结缘的明月,也依旧遥挂中天,那个晚上,是它为她送别。月缺月圆,古今不变,只是人,最多抵不过百年的消磨。

9月19日清晨,张爱玲的遗体在洛杉矶惠捷尔市的玫瑰岗墓园火化。她的遗嘱执行人林式同完全遵照她的遗愿,没有举行任何仪式,火化时也没有亲人在场。9月30日,是张爱玲七十五岁的生日。这一天,她的骨灰由林式同和几位友人乘船护送至海上,之后撒在苍茫无边的太平洋中。伴随她而去的,还有那一捧捧鲜红和纯白的玫瑰。但愿落花有情,流水有意,将她的骨灰送回上海故里。

而我亦相信，她飘忽的灵魂，抵达的第一站必定是上海。因为她是从海上来的女子，她是那位穿过民国烟雨的佳丽。尽管她死之前，对那座城已经失去了任何回忆的理由。但那座城与她共修了太多的缘分，是上海成就了张爱玲，也是上海辜负了张爱玲。

　　她在这座城里出生，在这里穿上人生第一件旗袍，在这里写下人生第一篇文章，亦在这里爱上生命里的第一个男子。在这里，她看过人情瘦，江山薄。在这里，她看过风云起，浪淘尽。她曾做过十里洋场的高贵小姐，亦做过异国他乡的流浪老妇。她的心，分明有情有义，却活得孤寂疏离。

　　胡兰成是懂她的，说她不爱牵愁惹恨。说她无须入世，时代的一切自会来与她交涉。她告诉他，因为懂得，所以慈悲。可他明明懂得，却不肯慈悲。他背弃了诺言，就像他背弃自己一样，让执念百转的她逝去一切芳菲。她是个有佛性的女子，她有禅心，所以众生见过她，会觉得世界要颠倒，震动。她算是胡兰成的解语花了，可那男子偏生不懂珍惜。

　　她说，她再不能爱了，后来的她，也许真的没有再爱过。那场异国的婚姻，不过是她人生里的又一个局，她笑靥如花地看着，自己在局里仓促又从容的模样。回首如潮的往事，走过的悲欢，其实就是手中落下的棋子。落了就不能回头，再也不必回头。

　　她自是枯萎了，只是她的枯萎无关他人。她忠于岁月，尊重生命，让自己活到鸡皮鹤发，让自己一生执笔书写。直到世事嶙峋。她在属于自己的山河里，假装宁静；又在奔忙的迁徙中，故作矜持。她其实一直想要简单地存在，可她的一举一动都会被我们视作惊世骇俗。

曾经说过，世间没有一种植物配得了她，包括那种叫作独活的药草，也不能。所以，我们不要奢望，也不要相信，在某种植物或某个人身上，可以找到她的灵魂，她的影子。世上曾有张爱玲，世上唯有张爱玲。

都说，曾经在红尘路上擦肩而过的人，有一天终会相遇。我们亦不要期待，会与张爱玲有那段机缘。因为今生只作最后一世，她永远是民国世界的临水照花人。

因为懂得　所以慈悲

倾城之恋

她叫白流苏，上海女子，书中人物。生于没落的书香世家，离异七八年，尝遍冷暖。亲情的淡薄，世俗的无情，让她对自己的人生际遇，总是无从把握。她不甘做命运的浮萍，决意用女人最后的珍贵青春，以美貌和智慧做筹码，去参与一场赌局。

也许她赢了，在铅华洗尽之后，还能得到尊重和真爱。也许她输了，重新乘上人生的扁舟，孤身漂荡，无处归依。结局只有两种，要么声名扫地，要么得到世间虚幻的爱情。无论下场如何，她都要无悔地做自己，做白流苏。

白流苏是幸运的，因为张爱玲苍凉寒冷的笔调，总难给她的主人公太多圆满。特殊的家族背景，特殊的成长历程，造成了张爱玲特殊的性情，以至于她的故事，她的文字也风格独特，充满迷幻。

　　张爱玲是一个自我的女子，不信红尘真爱，不恋人间烟火。她笔下的世界和人物，总带有一种冷漠、几多迷离，还有几分怅惘。而她却给了白流苏一个圆满的收场，与书中其他女子相比，白流苏所经受的磨难，亦算是值得的。

　　《倾城之恋》的结局，张爱玲这么写道："香港的陷落成全了她。但是在这不可理喻的世界里，谁知道什么是因，什么是果？谁知道呢？也许就因为要成全她，一个大都市倾覆了。成千上万的人死去，成千上万的人痛苦着，跟着是惊天动地的大改革……传奇里的倾国倾城的人大抵如此。到处都是传奇，可不见得有这么圆满的收场。"

　　纷纭乱世，白流苏不过是苍茫历史中的一颗微尘，却由一座城的倾覆成就了她的爱情。在那个万盏灯火明亮的夜晚，胡琴咿咿呀呀地将老去的故事重复地叙说着。世界那么迷乱，那么苍凉，而白流苏的幸福，才刚刚开始。

　　张爱玲将白流苏安排在一户传统守旧的人家里，一大家子人，守着败落后仅剩的一点遗产度日，外面纷繁世界，与他们隔离。"'我们用的是老钟。'他们的十点钟是人家的十一点。他们唱歌唱走了板,跟不上生命的胡琴。"这就是白府,一个跟不上时代的没落家族,一口跟不上节奏的老钟,一群守着传统思想的旧人。

那个夜晚,一贯门庭冷落的白公馆楼下的门铃响了。按照规矩,晚上是绝对不允许出去拜客的,所以这突如其来的铃声,让每个人都惶惶不安。后来才知道,白流苏的前夫得了肺炎死了。这对于离异已经七八年的白流苏来说,应该是一件毫无瓜葛的事。但白府的三爷四爷觉得流苏前夫的死,无意间为他们促成了一段机遇。

无情的哥嫂逼迫白流苏回到唐家,为死去的前夫披麻守孝,如此便可以在唐家当一辈子寡妇,衣食无忧,救济家里。"离过婚了,又去做他的寡妇,让人家笑掉了牙齿!"白流苏自是不愿,却受不得哥嫂的百般侮辱和嘲讽。她唯有求助于母亲,希望在这个家里,尚有一席安身之地。

白老太太是一位死守陈规旧俗的人,非但没有为女儿做主,反而说出令流苏心凉的话。"天下没有不散的筵席,你跟着我,总不是久长之计。倒是回去是正经。领个孩子过活,熬个十几年,总有你出头之日。"

"这屋子里可住不得了! ……住不得了!"当白流苏说出这句话的时候,在她柔弱又坚定的心底,已经生出决绝之意。她是走定了,只是这个被长期关在老屋里，风尘无主的传统女子，又能去哪里？诚如白流苏自己所说："我又没念过两年书，肩不能挑，手不能提，我能做什么事？"

穿衣镜前，她端详着自己。虽已韶华渐老，眉眼间风韵却不减当年，纤细的腰身，如玉的肌肤，典雅的气质，白流苏依旧是个美丽的女子。一袭合身的旗袍，更显出她知性成熟，优雅柔媚。

是的，她并非一无所有，并非穷途末路，她还有自己，还有青春和美丽。如果要远离这个腐朽冷漠的家族，她必须典当所有可以利用的财产，和命运开一场赌局。"流苏的父亲是一个有名的赌徒，为了赌而倾家荡产，第一个领着他们往破落户的路上走。流苏的手没有沾过骨牌和骰子，然而她也是喜欢赌的，她决定用她的前途来下注。"

他叫范柳原，英国长大，倜傥风流。他父母的结合是非正式的，他父亲一次出洋考察，在伦敦结识了一个华侨交际花，两人秘密地结了婚。父母双亡后，他孤身流落于英国，闯过许多荆棘才获得继承权。因为幼年时代的特殊环境，加之后来所吃的苦，他渐渐地放纵了自己。张爱玲说他嫖赌吃着，样样都来，独独无意于家庭幸福。

偏生这样一个浪子，让渴望寻找安稳婚姻的白流苏遇见了。

三十二岁已不算年轻的范柳原，早已习惯把女人看成脚下的尘土，但是因为白流苏，这个自称过了时的女人，他停驻了匆匆脚步。

白流苏虽然把自己交给赌局，却步步惊心，十分谨慎。当她认定范柳原是一个只要爱情而非婚姻的男人时，她选择转身离去，不想重蹈覆辙，再受伤害。原以为从此天涯陌路，竟不料有了新的交集。

白流苏去了香港，她孤注一掷，走向范柳原。不管有没有结果，至少她给了自己一个无悔的理由。在香港，彼此有了他乡遇故知的感觉。在白流苏眼里，范柳原是一个有着别样风度的男子。当着众人，他放肆不拘，与她独处时，却总是斯文有理，君子模样。

他对她说："你好也罢，坏也罢，我不要你改变。难得碰见像你这样的一个真正的中国女人。"而白流苏却自叹："我不过是一个过了时的人罢了。"范柳原道："真正的中国女人是世界上最美的，永远不会过了时。"

他对她说："死生契阔——与子相悦，执子之手，与子偕老。"如此爱意，但终是不愿娶她。他一直抗拒婚姻，更不能娶一个对自己没有多少感情的女子来约束自己。白流苏将心藏得太深，既是赌局，在毫无把握之时，她不能轻易出卖自己。所以，范柳原在她那里，得到的是冷漠多于热情。

　　他们之间始终不曾产生更深的交集，彼此有过的温情片段，虚幻得像是一个梦。在无处安身的时候，她终须忍耐。没有婚姻做保障，想要长期抓住一个男人，依附他，是一件艰难又冒险的事。与他在一起唯一的好处，就是不必为钱担忧。可是他不要婚姻不要爱情，以后的岁月，让她如何消磨？

　　战争开始了，多少人的故事，被那一声声炮火炸得烟消云散。然而，白流苏和范柳原的故事，才刚刚从硝烟中开始。当白流苏怆然地对范柳原说："炸死了你，我的故事就该完了。炸死了我，你的故事还长着呢！"竟不知，炮火之下，他的心里也只有她了。

　　动荡的世界里，金钱、地位，以及一切地久天长的承诺，都微不足道。唯一可靠的是，自己还能呼吸，身边还有可以偎依的人。那个瞬间，他们开始把彼此看得透明透亮，仅这一刹那，够他们在一起和谐地活个十年八年。

　　此时的张爱玲，似乎已经将自己卷入那场战争中了。她全然忘记白流苏和范柳原之间一直不得逾越的沟渠。白流苏的这场赌局，因为一座城的倾覆，很快分出了输赢。张爱玲是这么写的："他不过是一个自私的男子，她不过是一个自私的女人。在这兵荒马乱的时代，个人主义者是无处容身的，可是总有地方容得下一对平凡的夫妻。"

　　寥寥数笔，入木三分。两个隔了世界的人，就这样平和地相拥在一起，那么妥帖，那么适宜。她终于做了他名正言顺的妻。那一刻，心里有种淡淡的怅惘。

一座大都市的陷落，仿佛只是为了成全她。成千上万人死去，成千上万人流离，唯有她安然一隅，与值得依附的男人，真心相见，从此烟火一生。这段恋情，是为倾城。

半生缘

张爱玲说："日子过得真快，尤其对于中年以后的人，十年八年都好像是指顾间的事，可是对于年轻人而言，三年五载就可以是一生一世。"

也许只有走过岁月的人，才能品味出这句话的深意。看似轻描淡写，漫不经心，却有种过尽千帆、栏杆拍遍的苍凉与释然。譬如张爱玲，譬如十八年后的顾曼桢，还有沈世钧。人生沧海，他们是海上的一朵浪花，平凡又深刻，虚无又真实。

我们应当都有过这样的感觉，行走在时间的旅途中，蓦然回首，发现曾经上演过的一幕又一幕的片段，都成了如烟往事。年轻时拥有过的爱情，立下的志向，许过的诺言，皆化作纷纷回忆。

张爱玲总是这般，站在文字背后，用她平静又清醒的笔，冷漠又深情的心，勾勒出一个繁闹又寥廓的场景。从华美盛宴到清冷落幕，她亦是让自己走了一遭，尝过悲欢，经历离合。只不过对于书中的浮沉人世，张爱玲可以收放自如，当我们情难自禁地陷入戏里，她已决然转身。

人的一生，其实只有半世风华，半世过去。张爱玲笔下的《半生缘》，所写的也不过是众生之中的几个平凡男女，在乱世里，演绎了几段爱恋、几段故事。那些原本并不离奇，并不跌宕的情感故事，因为张爱玲华美伤感的笔调，便惊世骇俗，韵味无穷。

她是民国世界的临水照花人，她将自身味道融入书卷中，让她的作品，溢满了浓郁的民国风。张爱玲的小说总是与别人的不同，即便是平凡的故事，亦可百转千回。张爱玲的语言，更是不可复制，字字句句，直抵人心，通透入骨。她让自己成为传奇，又让书中的人物成了传奇，还让读她作品的人，多了一份别样气质。

《半生缘》将几个年轻人的故事，翻来覆去地演了几年，后来一别十八载，重逢时也就不再年轻了。或许这世上，每一段爱情，初见时都冰洁如水，散场时则落木萧萧。有如顾曼桢和沈世钧，石翠芝和叔惠，顾曼璐和张豫瑾。从青葱少年，走到人生迟暮；从姹紫嫣红的春光，走到红叶满径的秋凉。

初遇时，她是平民之女，清淡洁净，典雅温柔。他是世家子弟，谦和儒雅，风度翩翩。他们在最好的年华里相遇，彼此一见倾心，不曾在乎身世距离，不曾顾忌无常世事。以为遇见了就不会分离，以后相爱了就会执手，以为缘分是前世注定。他们单纯地忽略了凌厉的现实，忘记了山河变迁，亦未曾想到，那些发生在别人身上的悲剧，自己也将亲历亲尝。

小说的开篇，就渗透出一种淡淡的悲凉。顾曼璐为了一家人可以温饱，放弃了有过海誓山盟的恋人张豫瑾，孑然一身做了大上海的舞女。从她踏上风尘之路的那一刻起，她的人生、她的爱情皆已埋葬。她唯一拥有的，就是一点可怜的自尊，一点可怜的骄傲。

厌烦了迎来送往的舞女生活后，她遇到了祝鸿才。为脱苦海，她甘愿嫁给这个已有妻室且终日无所事事的男人。竟不知，自己陷进另一场苦难的深渊。也曾和初恋情人张豫瑾再度重逢，但身上背负着洗不去的耻辱，让她惶然却步。

此时的曼璐，多想让自己重来一次，那样她就可以像曼桢一样清白，一样有选择幸福的权利。她知祝鸿才对曼桢念念不忘，誓说花了心血培养出一个知书达礼的妹妹，如何还能步她后尘，受人凌辱。但残酷的现实，令这位善良无私的姐姐丧失理智。她的爱护，转瞬成了妒忌的刀刃，将曼桢割得体无完肤，血流不止。

一切都没有预兆，当曼桢尚沉醉于她和世钧的美好爱情时，不料已落入姐姐曼璐设下的疯狂陷阱。她被姐夫祝鸿才夺去了宝贵的清白，软禁于屋内，不见天日一年之久。直到怀胎十月，生下腹中胎儿，才逃离这场可怕的噩梦。

是那段铭心刻骨的爱情，支撑着她活了下去。曼桢以为，经历沧桑的她，会让世钧加倍怜爱。然一切已物是人非，沈世钧负了她，就在她生不如死的日子里，他另娶世家女子石翠芝，试图用婚姻来遗忘内心对曼桢的无限爱恋。

他是软弱的，听信曼璐的一面之词，忘却曼桢对他是何等痴心不改。他宁可相信曼璐的话，相信曼桢已经嫁人，不会再回来，也不愿穷尽人海，去将她寻找。在一切尚未有结果之时，他选择了放弃。可见曼桢对爱情的执着和坚定，远胜过沈世钧。

幸福真的不远，几乎触手可及，却偏生擦肩而过。这一次无意转身，竟有十八年之久。十八年，曼桢漂萍辗转，天涯是家。最后为了亲儿，再度忍痛嫁给祝鸿才，尝尽冷暖。而沈世钧和石翠芝双双埋葬在婚姻的坟墓里，再难脱身。他们的结合是一种错误，他娶了一个自己全然不爱的女人，而他的妻子心里却对他的好友叔惠情深几许。

这一对在别人眼中郎才女貌的恩爱夫妻，竟彼此依靠着思念心中所爱之人才得以过活。人生就是这样地讽刺，但他们依旧将这场戏演得逼真，演到尽头。昨日的爱恋，过往的诺言，被似水流年冲淡，已薄如蝉翼，轻若飞絮。

原以为今生今世相见无期，命运却给了他们一次仓促的邂逅，一个悲伤的回眸。再见她时，她已迟暮，素布简衣，洗尽铅华。尝尽岁月风霜的曼桢，已是心意阑珊。但那个目光交集的瞬间，她终究还是泪流满面，心痛难当。

所有的等待，所有的苦楚，所有的哀怨，所有的屈辱，都被这短暂的重逢瓦解。在那个普通的小饭馆，他们抱头痛哭。曼桢哭道："世钧，你幸福吗？"世钧拥着昔日爱人，缓缓地说："我只要你幸福。"曼桢只摇头说："世钧，我们回不去了。"

命运早已将他们隔离成两个世界的人，又拿什么重新开始？曼桢太了解世钧了，她知道，他善良亦懦弱。她宁愿守候这一点真实的时光，亦不期待那没有希望的未来。她深知，只要走出这间小饭馆，他们就从此陌路，真的永别了。

正是这十八年后的不期而遇，让彼此的心结得以释怀。半生情缘，到底还是被辜负了。前尘如梦，没有谁可以回头。顾曼桢、沈世钧从此活在各自的心里，不敢老去。人生至此，又还有什么可遗憾，可追忆的。

而那一边，叔惠和石翠芝亦在诉说着十数年的浮沉故事，彼此于微笑中发出凄凉的叹息。岁月何止误了曼桢和世钧，同样也误了他们。叔惠自嘲道：毕竟日子是自己在过，不是为了别人而活。他们分明耽搁了自己，在别人的目光中，悲哀地活着。

真的回不去了。记得曼桢那封未曾写完的情书，有那么一句话："我要你知道，这世界上有一个人是永远等着你的，不管是什么时候，不管在什么地方，反正你知道，总有这么个人。"

这个人还在，只是失去了等待的意义。从今以后，他做他的沈世钧，养家糊口，呵护妻儿。她只安心带着孩子，简约度日，不问悲喜。像秋水般孤独地活着，慢慢老去，直到有一天，连回忆都成多余，就真的放下了。

你也在这里吗？

也许每个年轻女子，都渴望有那么一次美丽的相逢。你坐在春光中喝茶小憩，有一俊朗少年打马而过，惊起了一地飞絮。回眸那一瞬，只问道："噢，你也在这里吗？"而你含羞问："驿路小桥边的桃花都开了吗？"

明明初相遇，却像旧相识。这一刹那，成了永恒的怀念。无论过去多少年，历经多少事，在内心深处，始终住着那么一个人。有一天，世事模糊不清，你分明老去，那个人却依旧似春光明净，不染霜尘。

有限的缘分，有限的温柔，或许有些相遇，只消得这片刻光阴。两个人真正地朝夕相处，反而难以地久天长。多少爱情经得起平淡的流年，岁月的消磨，繁芜的永恒不及刹那惊心。

"于千万人之中遇见你所遇见的人，于千万年之中，时间的无涯的荒野里，没有早一步，也没有晚一步，刚巧赶上了，那也没有别的话可说，唯有轻轻地问一声：'噢，你也在这里吗？'"

初读张爱玲这句话，只觉心灵被落花敲打，轻巧又舒适，仿佛一语道尽了千万人的心情。人生风景无数，如何就在相同的时间、相同的地方邂逅了？缘分来时，只是一个回眸的刹那，走后，亦不过是一个转身的瞬间。但我们却为那个片段心动不已，珍藏在属于自己的城里，永不忘记。

张爱玲，一个淡漠疏离的女子，所谓永恒，她自是不信。无论是现实里还是小说中，她的爱都难有持久，只有偶然的感动。但这宿命般的温情，就如此被定格，等到一无所有的日子，也许还能够拿出来取暖。

后来，才知道这句话出自张爱玲的一篇名叫《爱》的简短散文。爱，一个美丽又生动的词，一个平凡又深刻的词。这个字眼从许多人口里说出，有不同的人生况味。这个字眼对每个人来说，有不同的浓淡和深浅。张爱玲如此，众生皆如此。

文章的开篇，张爱玲便写道："这是真的。"想来的确是真的，因为这个故事简约亦美好，深沉亦悲凉。据说这故事是胡兰成讲给她听的。在胡兰成的《今生今世》里写道，故事的主人公为其发妻玉凤的庶母。她的经历与张爱玲文中的女孩一样，这不是巧合，是真的。

那是一个美丽的春夜，柔和的月，轻微的风，还有季节散发出的独有芬芳。她立在后门口，手扶着桃树。她记得她穿的是一件月白的衫子。一切如画境般洁美无瑕，此刻她什么也没想，只赏这夜晚春色的温柔。

对门的年轻人，同她是见过面的，但从未打过招呼。许是今晚的她太过贞静美好，他竟走了过来，轻轻说了一声："噢，你也在这里吗？"这么一句简单的话，在她宁静的心湖里，荡起了微微波澜。但她什么也没有说，他亦无话。只站了一会儿，各自便走开了。

"就这样就完了。"他们之间的故事，尚未开始，就已经写上了结局。也许她和他的相遇，只是为了成全这个春夜温暖的瞬间。多年的邻人，也终是陌路。缘分止步的时候，任何挽留都是无辜，除了默默送离，又能做些什么？

可这一句是胜过地老天荒的诺言。后来这女孩被亲眷拐了，辗转被卖了无数次，从这个城到那个镇，几乎忘记自己的来处。历尽人世沧桑，受尽风尘苦楚的她，直到老去，还记得从前那一回事。有意无意之时，总会想起，那个春天的晚上，她穿着月白的衫子，在后门口的桃树下，邂逅了那位年轻人。

这个人，早已老了，甚至死了。可她的脑海中刻下了那个相逢的片段。他在她的心里，永远都那么年轻，岁月无法伤害他。而那句话，也烙在她心底，在她孤苦无依时，不断地给予温情。就连这一生，究竟受过多少苦，是否幸福，都已经不重要了。

因为这则故事，方有了张爱玲那句经典之语。是的，千万年的时光荒野里，没有早一步，没有晚一步，只刚巧赶上，没有更合适的话了，只一句："噢，你也在这里吗？"

多么漫不经心，却至美无言。那个春风沉醉的晚上，那树桃花，那短暂的交集，成了千万人过目不忘的风景。想来，张爱玲是喜欢的。不然，这故事不会流淌于她的笔下。而她又何尝不是有过这般滋味，只不过际遇不同而已。

那时候，张爱玲和胡兰成正在热恋中。他们亦是相逢在缘分的路口，可他给了她一杯爱情的毒酒，这杯酒，美丽而苦涩。素日理性、冷漠的她，竟无法把持自己，和他一起醉倒在爱情的河流里，不管不顾。

那些日子，男的废了耕，女的废了织，没有晨昏，但守天荒。他许她岁月静好，现世安稳。她说："那时你变姓名，可叫张牵，又或叫张招，天涯地角有我在牵你招你。"可真的转身后，她还能将他招回来吗？

他为她在三月里捉头上沾染的飞絮，恩爱无比，又为别的女子画眉描唇。早知他负心这么快，倒不如当日只有过短暂的邂逅，从今只记得彼此的好。用一个眼神，一句话语，来成全永远的怀念，尚算值得。

酒已喝下，悔意太迟。只怪爱得太深，她给过他机会，盼他回头。他去意已决，从容抛弃。她只能说：我爱你，为了你的幸福，我愿意放弃一切——包括你。她放手了，为自己留下最后一点骄傲。她又说："我倘使不得不离开你，亦不致寻短见，亦不能再爱别人，我将只是萎谢了。"

人世沧海，变幻无端。这个曾经许诺过鸳盟的人，自此从她心底删去，一干二净。真的不如，故事里那片刻的相知。张爱玲为胡兰成付出过，但终成云烟过往，那女孩却为那段桃树下的相逢，一生情长。

到底什么是爱？谁又爱谁更多？从来张爱玲都是讲故事的人，可有一天，她成了别人讲述的故事。这千万个人，千万种相遇，是否你也曾说过："噢，你也在这里吗？"

天才梦

"生命是一袭华美的袍，爬满了蚤子。"

这是张爱玲的经典名句，从提笔那一刻起，直到后来，这句话几乎伴随了她的一生。这是对生命的预言，还是一个年轻女孩信口而出的语句？不过我们自此知道，这个女孩注定会不同凡响。

我初闻此句时，亦是在十七八的年岁里。只觉得说这话的女子，定是经历了沧桑世事，才可悟出这般深刻的人生哲理。后来才知道，那时的她，与当时的我一般，只有十九岁。或许我不该惊奇，因为她是张爱玲。这个生来就不凡的女子，她的话语，她的文字，是任何人都不可以取代的传奇。

这句话出自她的一篇著名散文《天才梦（我的天才梦）》。文章的开篇已令人刮目相看，不敢轻视："我是一个古怪的女孩，从小被目为天才，除了发展我的天才外别无生存的目标。然而，当童年的狂想逐渐褪色的时候，我发现我除了天才的梦之外一无所有——所有的只是天才的乖僻缺点。世人原谅瓦格涅的疏狂，可是他们不会原谅我。"

她错了，世人原谅了她，并且一直忍受，仰慕着她以孤傲的姿态，俯瞰众生烟火。她三岁能背唐诗，立在一个清朝遗老的藤椅前朗吟"商女不知亡国恨，隔江犹唱后庭花"。甚至懂得这位老者泪水中的悲凉况味。她七岁就写了第一篇小说，仿佛为将来的人生选择好了方向。

这个女孩与生俱来就对色彩、音符、字眼极为敏感。她弹钢琴，每个音符都有不同的性格；她写文章，喜爱用色彩浓厚的字眼。就是这样一个聪慧女子，却与俗世的一切格格不入。她不会削苹果，怕上理发店，怕见生人，怕给裁缝试衣裳。她住了几年的屋子，连电铃都不知在哪里，坐了几月的黄包车，却仍不识那条本该熟悉的路。

她承认，自己在现实生活里，等同于一个废物。张爱玲的母亲曾经用两年的时间，让她去学习适应环境。教她煮饭洗衣，练习行路姿势，学会看人眼色，以及许多普通人都懂得的生活常识。然而，如此苦心孤诣，并没有让她有丝毫的改变。在待人处世方面，她一如既往地显露出惊人的愚笨。

这不是在讲故事，张爱玲的《天才梦》，所写的是她真实的成长历程。这样一个看似愚笨的女子，我们却不能将其否认。生活的艺术，她并非完全不能领略。她所懂得，所欣赏，所理解的，则是许多寻常人难以走进的深邃，难以企及的高度。

她会看《七月巧云》，听苏格兰兵吹风笛，享受微风中的藤椅，欣赏雨夜的霓虹灯，从双层公共汽车上伸出手摘树颠的绿叶。这一切，优雅而美丽，诗意又浪漫。她是用灵魂生活的女子，在她的骨子里，能看到的，赏阅的，则是人生这一幕幕值得记住的风景。而生活的细节，于她来说，不过是虚设。

她活着，从来都不是为了简单的存在。张爱玲，为文字而生。平淡的现世，并不能给她带来丝毫的感动。自然的更迭，历史的变迁，以及一些微妙的剪影，却能激发她深藏于内心的灵性。于文字，她冰雪聪明，通透明净。她自诩为天才，并非她骄傲自大，她只想做真实的自己。

所以后来，我们看到了，这个着旗袍的女子，在民国烟雨中缓缓漫步。明明与她有过邂逅，有过交集，但始终擦肩。她让自己美得如烟花，璀璨易散，热烈冰冷。没有谁可以真正靠近她，因为她一个眼神，即可洞穿世事。

许多人不明白，这样一个对生活常识一窍不通的女子，如何可以深入社会，去描写人情练达的文章。张爱玲的小说，可谓妙到极致，读过的人，无不拍案叫绝。难道她真的如自己所说，是个天才，有着与文字，与世情相通的特殊能力？

胡兰成说她是民国世界的临水照花人，说她无须深入红尘，这个时代的一切自会来与她交涉。读她的文章，只觉得她什么都晓得，实则她世事经历得少。张爱玲觉得，现代的东西纵有千般不是，可它到底是我们的，与我们亲。

胡兰成在民国世界里，也算是一个人物。可他初遇张爱玲时，却被她彻底惊倒。他说，时常以为很懂得了什么叫作惊艳，遇到真事，却艳亦不是那艳法，惊亦不是那惊法。他说，他使尽武器，还不及她的素手。

张爱玲从骨子里散发出的气质和风韵，让胡兰成措手不及，甘于放下锋芒，与之缠绵。这样一个举世无双的女子，终究还是被他离弃，以致伤透心骨。并非她不够惊艳，而是他生性多情，难以自持。张爱玲和胡兰成的爱情，让我们看到了她的深情与天真。

她不想成为传奇，可本身就已是传奇。她的平淡亦是灿烂，她的无知亦是深沉。她让自己绚烂绽放，亦让自己暗自枯萎。她有骄傲的资本，也有卑微的理由。她在书中有摆弄别人命运，主导别人悲喜的权力。于现实里，她亦受命运的捉弄，忍岁月的风蚀。

据说，写这篇《天才梦》，是为了参与一个杂志社的征文比赛。原本收到通知，说是得了头奖，后来却被排在了第十三位。当时的张爱玲还只是香港大学的一名学生。她对这次评奖结果极为不满，甚至耿耿于怀许多年。其实，她并非一个虚荣的女子，只觉得，文字是上苍赋予她的使命，她必须珍爱文字，珍爱尊贵的自己。

张爱玲本不是一个追求唯美的女子，她懂得生命里有太多的残缺和破碎，知道人生需要不断地裁剪和修饰。她疏离人世，淡漠情感，是因为她要以一个旁观者的姿态来看清纷呈万象。所以，她的文字，总像一把锐利的剑，削去所有虚假的外衣，呈现出真实的人生。

对于一个天才，我们只能给予她更多的宽容。或许我们可以不去深刻地懂得，但一定要对她慈悲。天才于她，不是梦，她的绝代风华，早已惊艳了时光。锋芒岁月，锦绣春秋，在她面前，皆黯然失色。

"生命是一袭华美的袍，爬满了蚤子。"多么华丽又悲凉的一句话，那一年，她响亮地说了出来，再也收不回去。而这句话，竟成了她一生无法摆脱的主题和宿命。曾经，她穿着旗袍，风靡了整个上海滩。后来，她穿着旗袍，老死在异国他乡。

她的世界，终究没有人真正地走进去。她独自悲戚，独自欢悦；独自灿烂，独自落魄。她是天才，她一生都在做着我们不懂的梦。

张爱玲年谱

1920年　出生

◎ 9月30日，出生于上海，取名张煐，祖籍河北丰润。

◎ 祖父张佩纶，同治进士，晚清清流派代表。祖母李菊耦，李鸿章之女。

◎ 父亲张志沂（张廷重）。母亲黄逸梵（原名黄素琼），门庭显赫，南京黄军门之女，为时髦新女性。

1921年　1岁

◎ 弟弟张子静出生。

1922年　2岁

◎ 随家人迁居天津法租界张家旧宅。

1925年　4岁

◎ 母亲黄逸梵与姑母张茂渊结伴出洋留学。

1928年　8岁

◎ 随家乘船迁回上海，在船舱里重读《西游记》。

◎ 不久，母亲回国，随母亲学绘画、钢琴和英语。张爱玲对色彩、音符和文字极为敏感。

1930年　10岁

◎ 父亲病愈，故态复萌，母亲忍无可忍，终于协议离婚。

◎ 张爱玲入读上海黄氏小学，正式更名为张爱玲。

1931年　11岁

◎ 就读上海圣玛利亚女校。

1932年　12岁

◎ 在圣玛利亚女校校刊《凤藻》上刊载短篇小说《不幸的她》，这是发表在该刊的第一篇小说，也是唯一一篇小说。

1933年　13岁

◎ 在《大美晚报》上刊载了一幅漫画，收到了第一笔稿费五元钱，她用这笔钱为自己买了一支小号丹琪唇膏。

◎在校刊《凤藻》上刊载散文《迟暮》。

◎开始写长篇章回小说《摩登红楼梦》。

1934年　14岁

◎升入圣校高中。

1936年　16岁

◎在校刊《凤藻》上刊载散文《秋雨》。

1937年　17岁

◎随笔《论卡通画之前途》刊于校刊《凤藻》。

◎小说《牛》《霸王别姬》及评张若谨小说《若馨评》《读书报告叁则》等刊于校刊《国光》。

◎夏天，张爱玲从圣玛利亚女校毕业，母亲黄逸梵为她留学事宜归国。

◎张爱玲提出英国留学的请求，被父亲和后母嘲骂。

◎后因一点小事与后母发生口角，被父亲毒打，并拘禁半年。第二天，姑姑张茂渊前来说情，也被打伤住院，兄妹俩自此再不往来。

1938年　18岁

◎旧历年前，张爱玲趁夜出逃，逃往母亲家。

◎参加伦敦大学远东区入学考试，得了第一名，但因为战事激烈无法前往就读。

1939年　19岁

◎进入香港大学专攻文学。

◎上海《西风》杂志举行三周年纪念征文，以"我的……"为题，张爱玲写《我的天才梦》应征。

1940年　20岁

◎4月16日，《西风》月刊征文揭晓，张爱玲的《我的天才梦》本为第一名，但正式公布时，仅获第十三名荣誉奖。

◎在香港大学结识了终生挚友炎樱。

1941年　21岁

◎珍珠港事件爆发，香港沦陷，张爱玲参加了"守城"工作，休战后在大学临时医院做看护。

1942年　22岁

◎因香港沦陷，香港大学停课，张爱玲与炎樱未毕业即回到了上海。

◎开始用英文写作影评与散文，给《泰晤士报》写剧评和影评，如《婆媳之间》《鸦片战争》等，给《二十世纪》月刊写了《中国的生活与服装》《中国人的宗教》等。

1943年　23岁

◎《沉香屑：第一炉香》《沉香屑：第二炉香》分别于5月、6月在《紫罗兰》月刊上登载。

◎《心经》《琉璃瓦》在《万象》月刊上刊载。

◎《茉莉香片》《到底是上海人》《倾城之恋》《金锁记》在《杂志》月刊上发表。

◎《更衣记》在《古今》月刊上发表。

1944年　24岁

◎长篇小说《连环套》在《万象》上发表。

◎《花凋》《红玫瑰与白玫瑰》《论写作》《爱》等在《杂志》上发表。

◎第一部短篇小说集《传奇》由杂志月刊社出版。

◎与胡兰成结婚。他们没有举行结婚仪式，只写婚书为定："胡兰成张爱玲签订终身，结为夫妇，愿使岁月静好，现世安稳。"炎樱为媒证。

1945年　25岁

◎由吴江枫记录整理的《苏青张爱玲对谈记》、散文《吉利》、散文《姑姑语录》在《杂志》上发表。

◎散文《我看苏青》在《天地》上发表。

◎8月15日，日本宣布无条件投降，并于9月2日在投降仪式上签字。之后，胡兰成遭通缉，化名张嘉仪潜逃。

1947年　27岁

◎ 电影剧本《不了情》被上海文华电影公司搬上银幕，由桑弧导演。

◎ 散文《华丽缘》、小说《多少恨》（根据《不了情》改编）在《大家》月刊上发表。

◎ 短篇小说集《传奇（增订本）》由上海山河图书公司出版。再版书在初版基础上增收新作五篇，分别为《留情》《鸿鸾禧》《红玫瑰与白玫瑰》《等》《桂花蒸：阿小悲秋》，另有前言《有几句话同读者说》、跋语《中国的日夜》。封面由炎樱设计。

◎ 与胡兰成离婚。

1950年　30岁

◎ 以"梁京"为笔名在上海《亦报》连载《十八春》（后改名《半生缘》）。

◎ 上海召开第一届文学艺术工作者代表大会，张爱玲应邀出席，在一片灰蓝中山装的代表中，她身着旗袍，外面罩了件网眼的白绒线衫，显得非常突出。

1951年　31岁

◎ 《十八春》由上海《亦报》出版单行本。

◎ 中篇小说《小艾》在《亦报》上连载。

1952年　32岁

◎避居香港，在美国驻香港新闻处（简称"美新处"）工作。
开始写电影剧本《小儿女》《南北喜相逢》，翻译《老人与
海》《爱默森选集》等作品，认识美新处处长麦卡锡，以及
宋淇夫妇。

1953年　33岁

◎长篇小说《秧歌》英文本在美国出版，美国《纽约时报》
《星期六文学评论》《时代》周刊等相继发表书评。

◎父亲张廷重去世。

1954年　34岁

◎《秧歌》《赤地之恋》在《今日世界》连载。

◎《传奇》改名为《张爱玲短篇小说集》，由香港天风出版社
出版。

1955年　35岁

◎乘"克利夫兰总统号"轮船离港赴美。

1956年　36岁

◎获爱德华·麦克道威尔（Edward MacDowell Colony）写作
奖金。

◎ 与65岁的赖雅结婚。

1957年　37岁

◎ 小说《五四遗事》（中、英文）在夏济安主编的《文学杂志》上发表。

◎ 母亲黄逸梵在英国逝世。

1961年　41岁

◎ 为创作剧本《红楼梦》赴香港，取道台湾，由麦卡锡安排与台湾大学的青年作家白先勇、王文兴、欧阳子、陈若曦、王祯和等会面畅谈，又到花莲等地，感受当地的民族风俗。

◎ 为国际电影懋业有限公司（简称"电懋"）编写改编《南北一家亲》《一曲难忘》《南北喜相逢》等电影剧本。

1966年　46岁

◎《怨女》单行本由台湾皇冠出版社出版。

1967年　47岁

◎ 赖雅在波士顿病逝。

◎ 开始用英文翻译清代长篇小说《海上花》。

◎ 获邀任美国纽约雷德克里芙学校驻校作家。

◎ 英文长篇小说 *The Rouge of the North*（《怨女》）在英国伦敦出版。

1968年　48岁

◎《秧歌》《张爱玲短篇小说集》《流言》先后在皇冠出版社
出版。

1969年　49岁

◎《半生缘》由皇冠出版社出版。

◎《红楼梦未完》在《皇冠》杂志上发表。

◎转入学术研究，任职加州大学伯克利分校"中国研究中心"。

1972年　52岁

◎从"中国研究中心"离职。

◎译著《老人与海》由香港今日世界社出版。

1973年　53岁

◎移居洛杉矶。

◎《幼狮文艺》刊载《初评红楼梦》。

1974年　54岁

◎"中国时报"人间副刊刊载《谈看书》《〈谈看书〉后记》。

1975年　55岁

◎完成英译《海上花》。

◎《皇冠》杂志刊载《二详红楼梦》。

1976年　56岁

◎散文小说集《张看》由皇冠出版社出版。收入作品《忆胡适之》《谈看书》《〈谈看书〉后记》，以及上海沦陷时期未收入《流言》的散文旧作《姑姑语录》《论写作》，两部未完成的小说《连环套》《创世纪》，并有自序一篇。封面为自己设计。

◎《联合报》刊载《三详红楼梦》《〈张看〉自序》。

1977年　57岁

◎花费十年心血撰写的红学专著《红楼梦魇》由皇冠出版社出版。

1979年　59岁

◎"中国时报"刊载《色·戒》。

1981年　61岁

◎国语本评注《海上花》由皇冠出版社出版。将原来吴语对白的《海上花》译成国语，加了评注，做了删并，成为六十回本，有序言和译后记。

1983年　63岁

◎小说剧本集《惘然记》由皇冠出版社出版。收入短篇小说

《色·戒》《浮华浪蕊》《相见欢》等。

1984年　64岁

◎《〈海上花〉的几个问题》（英译本序）在台北《联合报》
副刊发表。

1986年　66岁

◎ 小说集《传奇》由人民文学出版社重新排印，前附作者像。

◎《小艾》在《联合报》副刊连载。

1987年　67岁

◎《余韵》由皇冠出版社出版，收入旧作《散戏》《中国人的
宗教》《"卷首玉照"及其他》《双声》《气短情长及其
他》《我看苏青》《华丽缘》等。

1988年　68岁

◎《续集》由皇冠出版社出版。收入作品散文《关于〈笑声泪
痕〉》《羊毛出在羊身上》《表姨细姨及其他》《谈吃与画饼
充饥》《〈海上花〉译后记》，电影剧本《小儿女》《魂归离
恨天》，短篇小说《五四遗事》（中、英文本）。另有自序。

1989年　69岁

◎ 剧本《太太万岁》在《联合报》上连载。

1991年　71岁

◎6月，姑姑张茂渊在上海去世。

◎7月，《张爱玲全集》由皇冠出版社出版。

1994年　74岁

◎《对照集》由皇冠出版社出版。

1995年　75岁

◎9月8日，张爱玲被发现死于洛杉矶公寓内，被发现时她已经过世一周。

◎9月19日，遗体火化。

◎9月30日，生前好友夏志清、张错、林式同、张信生、高全之等为她举行了追悼会。追悼会后，骨灰被撒入太平洋。

民国世界的临水照花人

　　她叫张爱玲，民国女子，民国世界的临水照花人。这个名字，风云于民国的天地，至今仍惊动世人。然而，她只是她自己，不与万物相牵，不同世人哀乐。着一件华丽的旗袍，穿行在民国巷陌，爱恨悲喜，与人无尤。

　　张爱玲不是寻常女子，她于红尘数十载，一直我行我素，除了爱情，她可以背叛所有。她年轻时，爱过一个男子，除此之外，只和文字相伴。暮年，一个人漂流海外，离群索居，尝尽冷暖。

　　她说："现代的东西纵有千般不是，它到底是我们的，与我们亲。"若非如此，她又怎么懂得那么多物意人情，写得了那样的烟火文字？她到底是爱过的，不然，亦不会有那么一段倾城之恋。胡兰成也如此说："看她的文章，只觉得她什么都晓得，其实她却世事经历得很少，但是这个时代的一切自会来与她交涉……"

张爱玲此生最大的劫，不是家族的败落，不是父亲的沉沦，也不是母亲的冷漠，而是她遇见胡兰成。原本骄傲无情，自私甚至心狠的张爱玲，为这个男子低落尘埃，于尘埃里开出花朵。她说："因为懂得，所以慈悲。"

他真的懂她吗？是的，懂。民国世界，唯独这个男子，知她心意，解她情怀。但胡兰成做不了她情感上的唯一，他对张爱玲情深，亦对别的女人意重。胡兰成曾说："我已有妻室，她并不在意。我有许多女友，乃至挟妓游玩，她亦不会吃醋。她倒是愿意世上的女子都欢喜我。"

可张爱玲也是如此心肠吗？当她得知胡兰成于武汉邂逅小周，与其相恋，她内心悲伤不止。她去了一趟温州，见胡兰成与范秀美之间的亲密，更是难掩悲戚之情。她说："我倘使不得不离开你，亦不致寻短见，亦不能再爱别人，我将只是萎谢了。"

她是萎谢了，为了这个男子，她倾尽此生所有爱恋。他与她曾有过一纸婚约，他许她岁月静好，现世安稳，可终究给不起她安稳。在一起时，他们是同住同修，同缘同相，同见同知。他们是桐花万里路，连朝语不息。小别也多离愁，重逢尽是新意。可就是这样的爱，亦是不得安然，如同那个动荡的时代，说散就散了。

"他一人坐在沙发上，房里有金粉金沙深埋的宁静，外面风雨琳琅，漫山遍野都是今天。"这个男子，纵是败落流亡，于她心里，还是那般深沉洒脱。就是哪一天变了姓名，叫张牵，或叫张招，天涯海角，她亦会牵他招他。

这就是胡兰成所说的无情女子，他说她从不悲天悯人，不同情谁，慈悲布施她全无。但对胡兰成，张爱玲是用尽一切心意的，就算他将她背弃，于流亡路上，她依旧寄去稿费。"听到一些事，明明不相干的，也会在心中拐好几个弯想到你。"

但这个人，她到底还是彻底放下了，为他痛过，哭过，之后世界依旧安静，再无扰乱。爱情填满了人生的遗憾，也制造更多的遗憾，所谓故事，不过是阴晴圆缺，离合聚散。她说："换一个人，都不会天色常蓝。"胡兰成也这样说："爱玲是我的不是我的，也都一样，有她在世上就好。"

她仍做她的民国才女，穿一袭旗袍，以清瘦骄傲的姿态、叛逆孤冷的性格，看海上花开，海上花落。失去胡兰成，她的爱情自是萎谢了，但她的文字，演绎着另一场倾城之恋。后来，张爱玲和一个叫桑弧的导演有过一段恋情，但很快便无疾而终。

"时代是仓促的，已经在破坏中，还有更大的破坏要来。"于烟火动荡时，张爱玲离开上海，去了香港，短暂的停留后，她坐上了去美国的邮轮，似一棵浮萍，穷尽人海烟波，孤独遗世。去的时候，她没打算哪一天会安然无恙地回来。

在陌生的国度，失意落魄的张爱玲寻得了文艺营的救助。一盆炉火，一壶咖啡，一个疲倦的灵魂，她给文字安了家。然而，纵是远避繁华，爱情亦没有将她遗忘。这一年，张爱玲三十六岁，风华正茂。她遇见了一个叫赖雅的德国移民后裔，文学天才，遗憾的是，他已近风烛残年。

命运如此不解风情，让张爱玲遇见了这样一位穷困潦倒的外国老者。他摔断过腿，几度中风，高贵如她，善良如她，伴他度过多灾多难的余生。赖雅的离世，于张爱玲来说是解脱，她又可以重新寂寞行走，不困于物，不陷于情。

她说："我有时觉得，我是一座孤岛。"自此之后，她将自己封闭于陌生的异国他乡，像孤岛一样，被遗忘地活着。一个人，不用顾忌烟火冷暖，无须在意生离死别，不必与这个慈悲又冷漠的人间妥协。没有谁可以左右她的人生，她只想与世疏离，纯粹静谧地活着。

命运不肯给她彻底的安稳，暮年的张爱玲，经受了无数次的迁徙流转。她说，生命是一袭华美的袍，爬满了蚤子。她的暮年不够清净，被跳蚤纠缠，之后便是无休止的搬家生涯。胡兰成曾说："张爱玲是吉人，毁灭轮不到她，她终不会遭灾落难。"她的暮年，四处奔走，潦倒仓促，这到底算不算是灾难？

"时间加速越来越快，繁弦急管转入急管衰弦，急景凋年已经遥遥在望。"是的，人世所有热烈的故事，百转千回之后，亦是镜花水月，一场幻梦。她的一生，从不与人相争，亦不扰人，写下许多美好的爱情，自己却没有一个完整的故事。

一切尚未开始，就已匆匆谢幕。五年，我与张爱玲相约不过五年，五年里我过尽尘风俗雨，她依旧端然于海上，做她的临水照花人。五年前，我应当是隐于某个江南的旧宅小院，如她那般，唯文字知心会意。现如今，我寄身梅庄，赏花吃茶，好过她一个人遗世独立，漂泊海外。

记得那时，我用短短半个月的时间，将她的一生匆匆写尽。半月光景，不过刹那，而我却陪她走过万水千山，深刻难忘。后来，我用足足半年的时光，才从那场惆怅的烟雨中走出来。这个女子会一种巫术，让人不由自主地陷入某种情境，不得脱离，我亦没能幸免。

我曾告诉过许多人，这册书，是我传记里最为喜爱的一本。时光虽简短，情意却深沉，其间的悲伤、感动，唯有自己深知。我甚至想着离群索居、旁若无人地活。之后，萦绕于心的寥落情绪被流光冲散，心情慢慢舒展，我做回了自己。

因为我知道，她是世间绝无仅有的女子，不屑任何人与她红尘擦肩，更不屑谁与她有丝毫的瓜葛。我和她有过这一段浅薄的机缘，亦可以忽略不计。我试图伴她度过寂寞如雪的人生，她却只愿独自萎谢。她是花来衫里，影落池中，我亦不做那惊扰岁月的人。

她是民国的张爱玲，在人生的最后，她写过这么一首诗：

> 人老了大都
> 是时间的俘虏，
> 被圈禁禁足。
> 它待我还好——
> 当然随时可以撕票。
> 一笑。

白落梅

丙申年冬月　落梅山庄

时光无涯，聚散有时。因为懂得，所以慈悲。

图书在版编目（CIP）数据

因为懂得　所以慈悲 / 白落梅著. —长沙：湖南文艺出版社，2020.5
ISBN 978-7-5404-8458-3

Ⅰ.①因… Ⅱ.①白… Ⅲ.①随笔—作品集—中国—当代 Ⅳ.①I267.1

中国版本图书馆 CIP 数据核字（2020）第 033332 号

上架建议：畅销书·传记

YINWEI DONGDE　SUOYI CIBEI
因为懂得　所以慈悲

作　　　者：白落梅
出 版 人：曾赛丰
责任编辑：丁丽丹
监　　制：刘　毅
策划编辑：刘　毅
特约编辑：陈文彬
文字编辑：王槐鑫
营销编辑：刘晓晨　刘　迪　段海洋
封面设计：末末美书
绘　　图：TANG_唐
版式设计：李　洁
内文排版：麦莫瑞
出　　版：湖南文艺出版社
　　　　　（长沙市雨花区东二环一段 508 号　邮编：410014）
网　　址：www.hnwy.net
印　　刷：天津丰富彩艺印刷有限公司
经　　销：新华书店
开　　本：875mm×1270mm　1/32
字　　数：200 千字
印　　张：8.5
版　　次：2020 年 5 月第 1 版
印　　次：2020 年 5 月第 1 次印刷
书　　号：ISBN 978-7-5404-8458-3
定　　价：48.00 元

若有质量问题，请致电质量监督电话：010-59096394
团购电话：010-59320018